· 语文阅读推荐丛书 ·

# 戴望舒诗选

戴望舒／著

人民文学出版社

图书在版编目(CIP)数据

戴望舒诗选/戴望舒著.—北京:人民文学出版社,2018(2021.1重印)
(语文阅读推荐丛书)
ISBN 978-7-02-014279-8

Ⅰ.①戴… Ⅱ.①戴… Ⅲ.①诗集—中国—现代 Ⅳ.①I226

中国版本图书馆 CIP 数据核字(2020)第 137700 号

责任编辑　周方舟
装帧设计　李思安　崔欣晔
责任印制　王重艺

出版发行　人民文学出版社
社　　址　北京市朝内大街 166 号
邮政编码　100705
网　　址　http://www.rw-cn.com

印　　刷　三河市宏盛印务有限公司
经　　销　全国新华书店等

字　　数　139 千字
开　　本　650 毫米×920 毫米　1/16
印　　张　13.5　插页 1
印　　数　55001—60000
版　　次　2018 年 6 月北京第 1 版
印　　次　2021 年 1 月第 9 次印刷

书　　号　978-7-02-014279-8
定　　价　22.00 元

如有印装质量问题,请与本社图书销售中心调换。电话:010-65233595

# 目　次

导读 …………………………………………………… *1*

## 第 一 辑

夕阳下 ………………………………………………… *3*
寒风中闻雀声 ………………………………………… *5*
自家悲怨 ……………………………………………… *7*
生涯 …………………………………………………… *8*
流浪人的夜歌 ………………………………………… *10*
断章 …………………………………………………… *11*
凝泪出门 ……………………………………………… *12*
可知 …………………………………………………… *13*
静夜 …………………………………………………… *15*
山行 …………………………………………………… *16*
残花的泪 ……………………………………………… *17*
十四行 ………………………………………………… *19*
不要这样 ……………………………………………… *21*
忧郁 …………………………………………………… *23*
残叶之歌 ……………………………………………… *24*
闻曼陀铃 ……………………………………………… *26*

1

| | |
|---|---|
| 雨巷 | 27 |
| 断指 | 30 |
| 古神祠前 | 32 |
| 我的记忆 | 34 |
| 路上的小语 | 36 |
| 林下的小语 | 38 |
| 夜 | 40 |
| 独自的时候 | 42 |
| 秋 | 44 |
| 对于天的怀乡病 | 46 |
| 印象 | 48 |
| 到我这里来 | 49 |
| 祭日 | 51 |
| 烦忧 | 53 |
| 百合子 | 54 |
| 八重子 | 56 |
| 梦都子 | 58 |
| 我的素描 | 60 |
| 单恋者 | 62 |
| 老之将至 | 64 |
| 秋天的梦 | 66 |
| 前夜 | 67 |
| 我的恋人 | 69 |
| 村姑 | 71 |
| 野宴 | 73 |
| 三顶礼 | 74 |

| | |
|---|---|
| 二月 | 76 |
| 小病 | 77 |
| 款步(一) | 78 |
| 款步(二) | 80 |
| 过时 | 81 |
| 有赠 | 83 |
| 游子谣 | 84 |
| 秋蝇 | 85 |
| 夜行者 | 87 |
| 微辞 | 88 |
| 妾薄命 | 90 |
| 少年行 | 91 |
| 旅思 | 92 |
| 不寐 | 93 |
| 深闭的园子 | 95 |
| 灯 | 96 |
| 寻梦者 | 98 |
| 乐园鸟 | 100 |
| 见毋忘我花 | 102 |
| 微笑 | 104 |
| 霜花 | 105 |

## 第 二 辑

| | |
|---|---|
| 古意答客问 | 109 |
| 灯 | 110 |
| 秋夜思 | 112 |

| | |
|---|---|
| 小曲 ………………………………………………………… | *114* |
| 赠克木 ………………………………………………………… | *116* |
| 眼 ……………………………………………………………… | *118* |
| 夜蛾 …………………………………………………………… | *121* |
| 寂寞 …………………………………………………………… | *123* |
| 我思想 ………………………………………………………… | *124* |
| 元日祝福 ……………………………………………………… | *125* |
| 白蝴蝶 ………………………………………………………… | *126* |
| 致萤火 ………………………………………………………… | *127* |
| 狱中题壁 ……………………………………………………… | *129* |
| 我用残损的手掌 ……………………………………………… | *131* |
| 心愿 …………………………………………………………… | *133* |
| 等待(一) ……………………………………………………… | *135* |
| 等待(二) ……………………………………………………… | *136* |
| 过旧居(初稿) ………………………………………………… | *138* |
| 过旧居 ………………………………………………………… | *139* |
| 示长女 ………………………………………………………… | *143* |
| 在天晴了的时候 ……………………………………………… | *146* |
| 赠内 …………………………………………………………… | *148* |
| 萧红墓畔口占 ………………………………………………… | *149* |
| 口号 …………………………………………………………… | *150* |
| 偶成 …………………………………………………………… | *152* |
| | |
| 附录一　戴望舒译诗选 ……………………………………… | *153* |
| 附录二　诗论零札 …………………………………………… | *188* |
| | |
| 知识链接 ……………………………………………………… | *192* |

# 导 读

戴望舒(1905—1950),中国现代著名诗人、翻译家、诗论家。在创作实践与理论两个方面,对中国现代新诗的发展产生了深远影响。早期代表作《雨巷》发表于1928年,1929年出版第一部诗集《我的记忆》。历任内地与香港多种诗刊、副刊的编辑、主编,并曾游学法国三年。1941年在香港期间因宣传革命、抗日,被日军逮捕入狱。抗战胜利后曾任暨南大学、上海音乐专科学校等校教授。1949年6—7月出席第一次"文代会"。中华人民共和国成立后,任新闻出版总署国际新闻局法文科科长。1950年病逝,享年四十五岁。诗人英年早逝,留下九十余首诗作,译作多种,并有诗歌创作理论遗存。至今,他的诸多诗作仍在课堂上被作为经典解读、教授。

通观戴望舒所遗诗作,我们会发现,这是一位在中国诗歌告别旧体诗传统、另辟新的发展道路时的探索者、开拓者。无论在形式上还是在内容上,他都在努力探索古今结合、中西融合。他坚定不移地走在新体诗发展道路上,但又不肯放弃旧体诗的语言美、形式美、韵律美。早年的戴望舒不但在他的一些新诗篇目中努力保留旧体诗句式,而且还把古诗词、文言文的诸多元素化入乃至直接使用在他的诗作中,《诗经》《楚辞》、唐诗中的一些语汇,屡屡出现在他的作品中。如在《灯》中将《诗经·小雅·蓼莪》的"哀哀父母,生我劬劳"直接引用为"母亲的劬劳"。《战国策》中的"士为知己者死",《楚辞》中的"已矣哉",杜甫诗中的"无边落木萧萧下"等句子也被直接移用于他的诗行。有时为了节奏、字数的整齐,竟然削足适履。尽管这种探索并不全是成功,却可以从中看到,中国的新体诗仍然脱胎于旧体诗的母壤。游学法国三年与他大量的西方诗歌译作,使他的新体诗增加了不少西方象征诗派的营养。此外,在他的文学编辑同仁中有许多新月派诗人,新月派诗风对他早期的诗作亦产生一定影响。但无论古今中外,一切影响都只是影响而已,他走自己的路,绝不去附庸合流。既不复古也不西化,而是尽皆为我所用。用心把这些原材料雕琢切割为适合建构自己屋厦的砖瓦木石,并赋予它们新的艺术生命,或只是拿来,做一种观照。所以他有了自己独树一帜的诗艺成就。因而无论把戴望舒归入哪个流派,都是一种局限。

戴望舒诗艺成就的取得,并非一蹴而就,而是经历了二十余年的艰辛探索。他的同事兼好友卞之琳、艾青对此都有详细的介绍与评论。毋庸讳言,他的早期诗作并不很成功。那一时期的作品几乎把世间所有描述眼泪与感伤、悲观的词汇都用尽了,几乎篇篇满满皆是泪盈。艾青说他"这个时期的作品,充满了自怨自艾和无病呻吟","像一个没落的世家子弟,对人生采取消极的、悲观的态度"。这一时期的戴望舒,怨艾是有的,一度悲观乃至绝望也是真的,但说他"无病呻吟",艾青先生的评价因为受制于特定时代的特定文学观念,还是有些言过其实了。戴望舒是在认认真真作诗,虽沾染着时代病,虽局限于自我,却并不乘反对旧礼教、张扬个性解放的时代大潮,而放浪形骸纵欲自我。也不学波德莱尔,以丑为美。这一时期的戴诗可用单纯、清新来评价,正如朱光潜(孟实)在评价《望舒诗稿》时所说的:

> 戴望舒先生所领会的……这个世界是单纯的,甚至于可以说是平常的,狭小的,但是因为是作者的亲切的经验,却仍很清新爽目。作者是站在剃刀锋口上的,毫厘的倾侧便会使他倒在俗滥的一边去。有好些新诗人是这样地倒下来的,戴望舒先生却能在这微妙的难关上保持住极不易保持的平衡。他在少年人的平常情调与平常境界之中嘘咈出一股清新空气。

戴望舒在《古神祠前》这首诗中,把自己"思量底轻轻的脚迹"形象生动地描述为一只"长脚的水蜘蛛"。这只水蜘蛛用它的长腿在"饱和了古愁的钟声的水上"走着走着,便生出了翅膀化为蜉蝣、蝴蝶;这只蝴蝶在古愁沼泽的芦苇与红蓼花间飞着飞着,便飞到了空中化为一只清音的云雀;这只云雀飞着飞着又化身为搏击九万里风云的大鹏。这似乎在描述他的理想,而拿来描述他新体诗的发展历程,似乎更为贴切。

戴望舒早期那种以泪洗面的林黛玉式的诗作,按卞之琳先生的说法,终结于《雨巷》。无疑,这是他诗艺成就的一个里程碑,代表了一个新高度,而且在中国新体诗发展史中也占有重要地位。但我们不能给它以更高的评价,决定一部文学作品价值的不只在它的形式与艺术。而戴望舒本人也并不以此为骄傲。

进入30年代后,随着个人阅历的渐次丰富与时局的变化,戴望舒的诗歌创作在题材、诗艺、思想倾向上都发生了很大的变化,戴诗中开始出现了贴近时代脉搏的更好诗篇。这时期的代表作有《断指》《不要这样》《秋》等。

《不要这样》虽然仍是一首情诗,但那位男主角对泪眼盈盈的情人所说的却是:不要把"伤感的头儿垂倒","听啊,远远地,从林里,/惊醒的昔日的希望来了"。在这里给人看到的已不再只是眼泪与悲伤、绝望,而是希望。《断指》的主人公,在酒精瓶中,保存着一位已经牺牲了的朋友的一节断指,"这断指上还染着油墨底痕迹,/是赤色的,是可爱的光辉的赤色的,/它很灿烂地在这截断的手指上,/正如他责备别人底懦怯的目光在我们底心头一样。"每当他在颓废时,便把那装着断指的瓶儿拿出来激励自己。可以看出这位牺牲者是一位革命者、地下工作者。他已把这牺牲者当成了一种鞭策、一个榜样。而且把断指上残存的油墨描写为"赤色",又称这是可爱的、光辉的、灿烂的"赤色",显然在表述着自己强烈的政治感情倾向。在人生的道路上有了楷模榜样,又有了明晰的奔往方向,自然便不再彷徨,也无须像他早期作品《夕阳下》所描写的那样,在漫长的幽夜即将到来之时,于大山古树荒冢间,像怨灵一样独自徘徊。于是便有了《秋》,把扑面而来的肃杀秋风,只当成一种歌吹,自己却静穆安闲地坐在那里,任微笑着抽着烟斗的形象的诞生。戴诗由此从一个"以泪洗面的林黛玉",回归到了那个时代有血气的生命所应有的阳刚形象。

戴望舒的最后一个诗集《灾难的岁月》所收入的是他1934年至1945年间的诗作。这一时期被卞之琳先生称为他诗艺发展的"新的开篇""新的转折点"。这十余年间,在思想性和艺术性两方面,作者都写出了一些十分优秀的作品,实现了一个大的突破。兼具思想性与艺术性的代表作,应首推《我用残损的手掌》,另有《狱中题壁》《元日祝福》《偶成》等。作者从新月蝴蝶卿卿我我的小天地中,突进到了"祝福!我们的土地,/血染的土地,焦裂的土地";从自我感伤的旧韵中转奏出"祝福!我们的人民,/坚苦的人民,英勇的人民"的旋律。这些诗句写在1939年,因而绝非只是口号,而是从心底为时代所呼唤出来的一种真实感应。这不只是诗域视野的转变,还是一种人生观的转变,一种由小爱到大爱的转变。对于习惯了徜徉于自我世界的诗人而言,这是一种既难得又难能的根本转变。如果把作者早年那首《夕阳下》与《我用残损的手掌》对照来读,就会感受到这种转变之巨。那种用"残损的手掌"一寸寸抚摸着家乡、祖国的"广大土地""无限江山"的热爱眷恋之情;还有对"只有那里我们不像牲口一样活,/蝼蚁一样死"的"永恒的中国"(苏区),所"寄与爱和一切希望"的深情,加之他动情的、细腻的、充满挚爱的诉说,几乎没有人不会被打动。这篇"手掌"诗因此也成为戴诗的一个最高峰。何谓感动?著名的文学评论家钟嵘在他的《诗品序》中称:"气之动物,物之感人,故摇荡性情。"而但丁用来总结《神曲》的最后一句诗,便是:动太阳而移群星的,是爱也。《我用残损的手掌》所迸发的便是作者有血气的生命中所蕴积的大爱与真情。

爱国与爱家也许永远是统一的,是以有"家国河山"之谓。作者在这一期间还写下了《灯》《过旧居》《示长女》等几首眷恋家庭的诗作,诗中所表现出的对母亲、妻子、女儿的热爱,称得上母子情深儿女情长，同样让人感动。这不能被称为"自我的小天地"。不爱自己至亲至爱的人，怎么能希望他爱祖国？

40年代的戴望舒已是一个走出了个人自我小天地的新体诗代表者。他的最后一首诗是《偶成》，诗中充满了希望："如果生命的春天重到，/古旧的凝冰都哗哗地解冻，/那时我会再看见灿烂的微笑，/再听见明朗的呼唤——这些迢遥的梦。"戴望舒的这个梦并不迢遥，1949年新中国成立让他看到了这个旧的凝冰互解的春天来到。仍在香港却患病的戴望舒，毅然谢绝朋友们的挽留，声称"一定要到北方去，就是死也要死得光荣一点"。正当他雄心勃勃准备为新中国歌唱时，病魔无情地夺去了他的生命。

他在那篇最后的诗作中写道："这些好东西都决不会消失，/因为一切好东西都永远存在，/它们只是像冰一样凝结，/而有一天会像花一样重开。"戴望舒的诗作产生的年代距今虽已时逾多年，至今却仍在开放，而且将会一直开放下去。这不是我们的美好愿望，而是一种价值存在的必然。

戴望舒生前曾有过几种自选集出版，但主要作品在1937年1月出版的《望舒诗稿》与1948年2月出版的《灾难的岁月》中已大部分收录，而且这两个集子中收录的作品多是作者亲自进行过修改、删定的，因此本《诗选》保留了两个集子的基本框架，分列两辑：第一辑收入《望舒诗稿》所收作品；第二辑收入《灾难的岁月》所收作品。两辑所收作品一前一后，青少年朋友基本可于其中窥见戴诗全貌，并了解作者诗歌创作历程中不同阶段的变化。戴诗成就的取得，固然取决于他的古诗词功底与个人的努力,亦得益于他对西方现代诗的大量译介,而且许多篇目都对他的创作有直接影响,故另精选了他的部分译作附于书后,希望有助于读者领略欧洲现代诗不同流派的诗风,扩大诗学视野,加深对戴诗的理解。

人民文学出版社编辑部

# 第 一 辑

# 夕 阳 下

晚云在暮天上散锦，
溪水在残日里流金；
我瘦长的影子飘在地上，
像山间古树底寂寞的幽灵。

远山啼哭得紫了，
哀悼着白日底长终；
落叶却飞舞欢迎
幽夜底衣角，那一片清风。

荒冢里流出幽古的芬芳，
在老树枝头把蝙蝠迷上，
它们缠绵琐细的私语，
在晚烟中低低地回荡。

幽夜偷偷地从天末来，

我独自还恋恋地徘徊;
在这寂寞的心间,我是
消隐了忧愁,消隐了欢快。

## 寒风中闻雀声

枯枝在寒风里悲叹,
死叶在大道上萎残;
雀儿在高唱薤露歌①,
一半儿是自伤自感。

大道上是寂寞凄清,
高楼上是悄悄无声,
只有那孤岑的雀儿,
伴着孤岑的少年人。

寒风已吹老了树叶,
更吹老少年底华鬓,
又复在他底愁怀里,
将一丝的温馨吹尽。

---

① 薤(xiè)露歌:汉乐府诗中的送葬挽歌。薤露,指草叶上的露水。至汉武帝时,《薤露》成为送王公贵人的挽歌,送士大夫庶人的挽歌称《蒿里》。

唱啊,同情的雀儿,
唱破我芬芳的梦境;
吹罢,无情的风儿,
吹断我飘摇的微命。

# 自 家 悲 怨[①]

怀着热望来相见,
希冀一诉旧衷情
偏你冷冷无片言;
我只合踏着残英
远去了,自家悲怨。

而今希望又虚无,
且消受终天长怨。
转看风里的蜘蛛
又可怜地飘摇断
这一缕零丝残绪。

---

[①] 初版原标题为《自家伤感》。

## 生　涯

泪珠儿已抛残,
只剩了悲思。
无情的百合啊,
你明丽的花枝。
你太娟好,太轻盈,
人间天上不堪寻。

人间伴我惟孤苦,
白昼给我是寂寥;
只有那甜甜的梦儿
慰我在深宵:
我希望长睡沉沉,
长在那梦里温存。

可是清晨我醒来
在枕边找到了悲哀:

欢乐只是一幻梦，
孤苦却待我生挨！
我暗把泪珠哽咽，
我又生活了一天。


泪珠儿已抛残，
悲思偏无尽，
啊，我生命底慰安！
我屏营①待你垂悯：
在这世间寂寂，
朝朝只有呜咽。

---

① 屏（bīng）营：书面语，惶恐的样子。自汉魏起，多用于奏章、书札等，如"屏营之至""不胜屏营"等，表示敬畏。

## 流浪人的夜歌

残月是已死美人,
在山头哭泣嘤嘤,
哭她细弱的魂灵。

怪枭在幽谷悲鸣,
饥狼在嘲笑声声,
在那莽莽的荒坟。

此地黑暗底占领,
恐怖在统治人群,
幽夜茫茫地不明。

来到此地泪盈盈,
我是飘泊的孤身,
我要与残月同沉。

# 断 章①

这问题我不要分明,
不要说爱不要说恨:
当我们提壶痛饮时,
可先问是酸酒芳醇?

但愿她温温的眼波
荡醒我心头的春草:
谁希望有花儿果儿?
只愿春天里活几朝。

---

① 初版原题为法文"Fragments"。

## 凝泪出门

昏昏的灯,
溟溟的雨,
沉沉的未晓天;
凄凉的情绪,
将我底愁怀占住。

凄绝的寂静中,
你还酣睡未醒;
我无奈踯躅徘徊,
独自凝泪出门:
啊,我已够伤心。

清冷的街灯,
照着车儿前进:
在我底胸怀里,
我是失去了欢欣,
愁苦已来临。

# 可 知

可知怎的旧时的欢乐
到回忆都变作悲哀，
在月暗灯昏时候
重重地兜上心来，
　　啊，我底欢爱！

为了如今惟有愁和苦，
朝朝的难遣难排，
恐惧以后无欢日，
愈觉得旧时难再，
　　啊，我底欢爱！

可是只要你能爱我深，
只要你深情不改，
这今日的悲哀，
会变作来朝的欢快，

啊,我底欢爱!

否则悲苦难排解,
幽暗重重向我来,
我将含怨沉沉睡,
睡在那碧草青苔,
　　　啊,我底欢爱!

## 静　夜

像侵晓蔷薇底蓓蕾,
含着晶耀的香露,
你盈盈地低泣,低着头,
你在我心头开了烦忧路。

你哭泣嘤嘤地不停,
我心头反复地不宁;
这烦忧是从何处生,
使你堕泪,又使我伤心?

停了泪儿啊,请莫悲伤,
且把那原因细讲,
在这幽夜沉寂又微凉,
人静了,这正是时光。

## 山　行

见了你朝霞的颜色，
便感到我落月的沉哀，
却似晓天的云片，
烦怨飘上我心来。

可是不听你啼鸟的娇音，
我就要像流水地呜咽，
却似凝露的山花，
我不禁地泪珠盈睫。

我们彳亍在微茫的山径，
让梦香吹上了征衣，
和那朝霞，和那啼鸟，
和你不尽的缠绵意。

## 残花的泪

寂寞的古园中,
明月照幽素,
一枝凄艳的残花
对着蝴蝶泣诉:

我的娇丽已残,
我的芳时已过,
今宵我流着香泪,
明朝会萎谢尘土。

我的旖艳与温馨,
我的生命与青春,
都已为你所有,
都已为你消受尽!

你旧日的蜜意柔情,

如今已抛向何处?
看见我憔悴的颜色,
你啊,你默默无语!

你会把我孤凉地抛下,
独自蹁跹地飞去,
又飞到别枝春花上,
依依地将她恋住。

明朝晓日来时,
小鸟将为我唱薤露歌;
你啊,你不会眷顾旧情,
到此地来凭吊我!

## 十四行[1]

看微雨飘落在你披散的鬓边，
像小珠散落在青色海带草间，
或是死鱼浮在碧海的波浪上，
闪出万点神秘又凄切的幽光，

它诱着又带着我青色的魂灵，
到爱和死底梦的王国中逡巡，
那里有金色山川和紫色太阳，
而可怜的生物流喜泪到胸膛；

就像一只黑色的衰老的瘦猫，
在幽光中我憔悴又伸着懒腰，
吐出我一切虚伪真诚的骄傲；

---

[1] 十四行：十四行诗原是中世纪流行在欧洲的一种格律严谨的抒情短诗，诗体小有不同。本诗为"彼得拉克体"：各段行数为四、四、三、三。莎士比亚的十四行诗行数为四、四、四、二。

然后又跟它踉跄在薄雾朦胧,
像淡红的酒沫飘浮在琥珀钟,
我将有情的眼埋藏在记忆中。

# 不 要 这 样①

不要这样盈盈地相看,
把你伤感的头儿垂倒,
静,听啊,远远地,在林里,
在死叶上的希望又醒了。

是一个昔日的希望,
它沉睡在林里已多年;
是一个缠绵烦琐的希望,
它早在遗忘里沉湮。

不要这样盈盈地相看,
把你伤感的头儿垂倒,
这一个昔日的希望,
它已被你惊醒了。

---

① 初版原题为《不要这样盈盈地相看》。

这是缠绵烦琐的希望,
如今已被你惊起了,
它又要依依地前来
将你与我烦忧。

不要这样盈盈地相看,
把你伤感的头儿垂倒,
静,听啊,远远地,从林里,
惊醒的昔日的希望来了。

# 忧　郁[①]

我如今已厌看蔷薇色,
一任她娇红披满枝。

心头的春花已不更开,
幽黑的烦忧已到我欢乐之梦中来。

我底唇已枯,我底眼已枯,
我呼吸着火焰,我听见幽灵低诉。

去罢,欺人的美梦,欺人的幻象,
天上的花枝,世人安能痴想!

我颓唐地在挨度这迟迟的朝夕,
我是个疲倦的人儿,我等待着安息。

---

[①] 初版原题为法文"Spleen"。

## 残叶之歌

### 男 子

你看,湿了雨珠的残叶
静静地停在枝头,
(湿了泪珠的心儿,
轻轻地贴在你心头。)

它踌躇着怕那微风,
吹它到缥缈的长空。

### 女 子

你看,那小鸟恋过枝叶,
如今却要飘飞无迹。
(我底心儿和残叶一样,

你啊,忍心人,你要去他方。)

它可怜地等待着微风,
要依风去追逐爱者底行踪。

### 男　子

那么,你是叶儿,我是那微风,
我曾爱你在枝上,也爱你在街中。

### 女　子

来啊,你把你微风吹起,
我将我残叶底生命还你。

## 闻 曼 陀 铃[①]

从水上飘起的,春夜的曼陀铃[②],
你咽怨的亡魂,孤寂又缠绵,
你在哭你底旧时情?

你徘徊到我底窗边,
寻不到昔日的芬芳,
你惆怅地哭泣到花间。

你凄婉地又重进我底纱窗,
还想寻些坠鬓的珠屑——
啊,你又失望地咽泪去他方。

你依依地又来到我耳边低泣;
啼着那颓唐哀怨之音;
然后,懒懒地,到梦水间消歇。

---

[①] 初版标题为法文"Mandoline"。
[②] 曼陀铃:欧洲弹拨乐器,音如银铃滚动,形近琵琶。

# 雨　巷

撑着油纸伞,独自
彷徨在悠长,悠长
又寂寥的雨巷,
我希望逢着
一个丁香一样地
结着愁怨的姑娘。

她是有
丁香一样的颜色,
丁香一样的芬芳,
丁香一样的忧愁,
在雨中哀怨,
哀怨又彷徨;

她彷徨在这寂寥的雨巷,
撑着油纸伞

像我一样,
像我一样地
默默彳亍着,
冷漠,凄清,又惆怅。

她静默地走近
走近,又投出
太息一般的眼光,
她飘过
像梦一般地,
像梦一般地凄婉迷茫。

像梦中飘过
一枝丁香地,
我身旁飘过这女郎;
她静默地远了,远了,
到了颓圮的篱墙,
走尽这雨巷。

在雨的哀曲里,
消了她的颜色,
散了她的芬芳,
消散了,甚至她的
太息般的眼光,
丁香般的惆怅。

撑着油纸伞,独自
彷徨在悠长,悠长
又寂寥的雨巷,
我希望飘过
一个丁香一样地
结着愁怨的姑娘。

## 断　指

在一口老旧的,满积着灰尘的书橱中,
我保存着一个浸在酒精瓶中的断指;
每当无聊地去翻寻古籍的时候,
它就含愁地向我诉说一个使我悲哀的记忆。

它是被截下来的,从我一个已牺牲了的朋友底手上,
它是惨白的,枯瘦的,和我的友人一样,
时常萦系着我的,而且是很分明的,
是他将这断指交给我的时候的情景:

"为我保存着这可笑又可怜的恋爱的纪念吧,望舒,
在零落的生涯中,它是只能增加我的不幸的了。"
他的话是舒缓的,沉着的,像一个叹息,
而他的眼中似乎是含着泪水,虽然微笑是在脸上。

关于他的"可怜又可笑的爱情"我是一些也不知道,

我知道的只是他是在一个工人家里被捕去的；
随后是酷刑吧，随后是惨苦的牢狱吧，
随后是死刑吧，那等待着我们大家的死刑吧。

关于他"可笑又可怜的爱情"我是一些也不知道，
他从未对我谈起过，即使在喝醉酒时。
但是我猜想这一定是一段悲哀的故事，他隐藏着，
他想使它随着截断的手指一同被遗忘了。

这断指上还染着油墨底痕迹，
是赤色的，是可爱的光辉的赤色的，
它很灿烂地在这截断的手指上，
正如他责备别人底懦怯的目光在我们底心头一样。

这断指常带了轻微又黏着的悲哀给我，
但是这在我又是一件很有用的珍品，
每当为了一件琐事而颓丧的时候，
我会说："好，让我拿出那个玻璃瓶来罢。"

## 古 神 祠 前

古神祠前逝去的
暗暗的水上,
印着我多少的
思量底轻轻的脚迹,
比长脚的水蜘蛛,
更轻更快的脚迹。

从苍翠的槐树叶上,
它轻轻地跃到
饱和了古愁的钟声的水上,
它掠过涟漪,踏过荇藻,
跨着小小的,小小的
轻快的步子走。
然后,踌躇着,
生出了翼翅……

它飞上去了,
这小小的蜉蝣,
不,是蝴蝶,它翩翩飞舞,
在芦苇间,在红蓼花上;
它高升上去了,
化作一只云雀,
把清音撒到地上……
现在它是鹏鸟了。
在浮动的白云间,
在苍茫的青天上,
它展开翼翅慢慢地,
作九万里的翱翔,
前生和来世的逍遥游。

它盘旋着,孤独地,
在迢遥的云山上,
在人间世的边际,
长久地,固执到可怜。

终于,绝望地,
它疾飞回到我心头
在那儿忧愁地蛰伏。

# 我 的 记 忆①

我的记忆是忠实于我的,
忠实甚于我最好的友人。

它生存在燃着的烟卷上,
它生存在绘着百合花的笔杆上,
它生存在破旧的粉盒上,
它生存在颓垣的木莓上,
它生存在喝了一半的酒瓶上,
在撕碎的往日的诗稿上,在压干的花片上,
在凄暗的灯上,在平静的水上,
在一切有灵魂没有灵魂的东西上,
它在到处生存着,像我在这世界一样。

它是胆小的,它怕着人们的喧嚣,

---

① 这是诗人写于大革命失败后的作品,作者十分钟爱。可与后面的译诗《膳厅》对照来读,略可窥见作者对法国象征派的借鉴。

但在寂寥时,它便对我来作密切的拜访。
它的声音是低微的,
但是它的话却很长,很长,
很长,很琐碎,而且永远不肯休:
它的话是古旧的,老讲着同样的故事,
它的音调是和谐的,老唱着同样的曲子;
有时它还模仿着爱娇的少女的声音,
它的声音是没有气力的,
而且还夹着眼泪,夹着太息。

它的拜访是没有一定的,
在任何时间,在任何地点,
时常当我已上床,朦胧地想睡了;
或是选一个大清早,
人们会说它没有礼貌,
但是我们是老朋友。

它是琐琐地永远不肯休止的,
除非我凄凄地哭了,
或者沉沉地睡了。
但是我永远不讨厌它,
因为它是忠实于我的。

# 路上的小语①

——给我吧,姑娘,那朵簪在发上的
小小的青色的花,
它是会使我想起你的温柔来的。

——它是到处都可以找到的,
那边,你瞧,在树林下,在泉边,
而它又只会给你悲哀的记忆的。

——给我吧,姑娘,你的像花一般燃着的,
像红宝石一般晶耀着的嘴唇。
它会给我蜜的味,酒的味。

——不,它只有青色的橄榄的味,
和未熟的苹果的味,

---

① 这是作者写给他的初恋情人施绛年的诗。施绛年是他诗作的主要出品人、诗业同事、友人施蛰存的妹妹。后面的《林下的小语》与《夜》都是写给她的。

而且是不给说谎的孩子的。

——给我吧,姑娘,那在你衫子下的
你的火一样的,十八岁的心,
那里是盛着天青色的爱情的。

——它是我的,是不给任何人的,
除非有人愿意把他自己底真诚的
来作一个交换,永恒地。

## 林下的小语

走进幽暗的树林里,
人们在心头感到寒冷。
亲爱的,在心头你也感到寒冷吗?
当你在我的怀里,
而我们的唇又黏着的时候?

不要微笑,亲爱的,
啼泣一些是温柔的
啼泣吧,亲爱的,啼泣在我的膝上,
在我的胸头,在我的颈边:
啼泣不是一个短促的欢乐。

"追随你到世界的尽头,"
你固执地这样说着吗?
你在游戏吧!你去追平原的天风吧!
我呢,我是比天风更轻,更轻,

是你永远追随不到的。

哦,不要请求我的无用心了!
你到山上去觅珊瑚吧,
你到海底去觅花枝吧;

什么是我们的好时光的纪念吗?
在这里,亲爱的,在这里,
这沉哀,这绛色的沉哀①。

---

① 绛色的沉哀:指对施绛年的怀恋。当初他的求爱曾受到施绛年的拒绝。在施蛰存的撮合下始有婚约。三年后出国归来,施移情别恋,但诗人终生难忘,以致影响到他此后的婚恋。他在1929年出版的第一本诗集《我底记忆》的扉页上,用大字号法语写着"给绛年"。

# 夜[1]

夜是清爽而温暖,
飘过的风带着青春和爱的香味。
我的头是靠在你裸着的膝上,
你想微笑,而我却想啜泣。

温柔的是缢死在你的发丝上,
它是那么长,那么细,那么香;
但是我是怕着,那飘过的风
要把我们的青春带去。

我们只是被年海的波涛
挟着飘去的可怜的沉舟,
不要讲古旧的绮腻风光了,
纵然你有柔情,我有眼泪。

---

[1] 初版题为《夜是》,借鉴了无题古诗词的命题方式,即以本诗首句或首词来作为诗题。

我是害怕那飘过的风,
那带去了别人的青春和爱的飘过的风,
它也会带去了我们底,
然后丝丝地吹入凋谢了的蔷薇花丛。

## 独自的时候

房里曾充满过清朗的笑声,
正如花园里充满过百合或素馨①,
人在满积着梦的灰尘中抽烟,
沉想着凋残了的音乐。

在心头飘来飘去的是什么啊,
像白云一样地无定像白云一样地沉郁?
而且要对它说话也是徒然的,
正如人徒然向白云说话一样。

幽暗的房里耀着的只有光泽的木器,

---

① 素馨:花名,红苞白花小灌木。相传,素馨原名耶悉茗,由汉代陆贾从西域引来,在北方种植。南越王赵佗是北方人,称王粤地思念家乡,便引种此花于南地。又一传说,广州的庄头村有位叫素馨的种花姑娘钟爱此花,穿花环挂于颈上。南汉王采女民间,此女入宫受宠,汉王下令花园遍植耶悉茗花,此女每天要佩此花,宫女也要佩用。所以每天早晨梳洗时,无数花片随水流出宫外,漂成一片花湖,这便是广州流花湖之名的由来。此女死后,家乡人迎骨回乡,其坟上自生耶悉茗花,人们便改花名为素馨花。

独语着的烟斗也黯然缄默,
人在尘雾的空间描摹着白润的裸体
和烧着人的火一样的眼睛。

为自己悲哀和为别人悲哀是同样的事,
虽然自己的梦是和别人的不同,
但是我知道今天我是流过眼泪,
而从外边,寂静是悄悄地进来。

# 秋

再过几日秋天是要来了,
默坐着,抽着陶制的烟斗;
我已隐隐听见它的歌吹
从江水的船帆上。

它是在奏着管弦乐:
这个使我想起做过的好梦;
我从前认它为好友是错了,
因为它带了烦忧来给我。

林间的猎角声是好听的,
在死叶上的漫步也是乐事,
但是,独身汉的心地我是很清楚的,
今天,我没有这闲雅的兴致。

我对它没有爱也没有恐惧,

你知道它所带来的东西的重量,
我是微笑着,安坐在我的窗前,
当飘风带着恐吓的口气来说:
　　秋天来了,望舒先生!

# 对于天的怀乡病

怀乡病,怀乡病,
这或许是一切
有一张有些忧郁的脸,
一颗悲哀的心,
而且老是缄默着,
还抽着一支烟斗的
人们的生涯吧。

怀乡病,哦,我啊,
我也许是这类人之一吧:
我呢,我渴望着回返
到那个天,到那个如此青的天,
在那里我可以生活又死灭,
像在母亲的怀里,
一个孩子欢笑又啼泣。

我啊,我是一个怀乡病者:
对于天的,对于那如此青的天的;
那里,我是可以安憩地睡眠,
没有半边头风,没有不眠之夜,
没有心的一切的烦恼,
这心,它,已不是属于我的,
而有人已把它抛弃了,
像人们抛弃了敝屣一样。

# 印 象

是飘落深谷去的
幽微的铃声吧,
是航到烟水去的
小小的渔船吧,
如果是青色的真珠;
它已堕到古井的暗水里。

林梢闪着的颓唐的残阳,
它轻轻地敛去了
跟着脸上浅浅的微笑

从一个寂寞的地方起来的,
迢遥的,寂寞的呜咽,
又徐徐回到寂寞的地方,寂寞地。

## 到我这里来[1]

到我这里来,假如你还存在着,
全裸着,披散了你的发丝:
我将对你说那只有我们两人懂得的话。

我将对你说为什么蔷薇[2]有金色的花瓣,
为什么你有温柔而馥郁的梦,
为什么锦葵[3]会从我们的窗间探首进来。

人们不知道的一切我们都会深深了解,
除了我的手的颤动和你的心的奔跳;
不要怕我发着异样的光的眼睛,
向我来:你将在我的臂间找到舒适的卧榻。

---

[1] 本诗可与后面的译诗《入定》对比阅读。
[2] 蔷薇:与玫瑰具有同等的象征意义,在戴诗中出现的频率很高,但"金色的花瓣"很少见,指黄色的蔷薇。
[3] 锦葵:与芙蓉花同属锦葵科,直立茎,粉花。在中国有"断肠草"之称。

可是,啊,你是不存在着了,
虽则你的记忆还使我温柔地颤动,
而我是徒然地等待着你,每一个傍晚,
在橙花下,沉思地,抽着烟。

# 祭　日

今天是亡魂的祭日，
我想起了我的死去了六年的友人。
或许他已老一点了，怅惜他爱娇的妻，
他哭泣着的女儿，他剪断了的青春。

他一定是瘦了，过着漂泊的生涯，在幽冥中，
但他的忠诚的目光是永远保留着的，
而我还听到他往昔的熟稔有劲的声音，
"快乐吗，老戴？"（快乐，唔，我现在已没有了。）

他不会忘记了我：这我是很知道的，
因为他还来找我，每月一二次，在我梦里，
他老是饶舌的，虽则他已归于永恒的沉寂，
而他带着忧郁的微笑的长谈使我悲哀。

我已不知道他的妻和女儿到那里去了，

我不敢想起她们,我甚至不敢问他,在梦里;
当然她们不会过着幸福的生涯的,
像我一样,像我们大家一样。

快乐一点吧,因为今天是亡魂的祭日;
我已为你预备了在我算是丰盛了的晚餐,
你可以找到我园里的鲜果,
和那你所嗜好的陈威士忌酒。
我们的友谊是永远地柔和的,
而我将和你谈着幽冥中的快乐和悲哀。

## 烦　忧

说是寂寞的秋的悒郁,
说是辽远的海的怀念。
假如有人问我烦忧的原故,
我不敢说出你的名字。

我不敢说出你的名字,
假如有人问我烦忧的原故:
说是辽远的海的怀念,
说是寂寞的秋的悒郁。

# 百合子[①]

百合子是怀乡病的可怜的患者,
因为她的家是在灿烂的樱花丛里的;
我们徒然有百尺的高楼和沉迷的香夜,
但温煦的阳光和朴素的木屋总常在她缅想中。

她度着寂寂的悠长的生涯,
她盈盈的眼睛茫然地望着远处;
人们说她冷漠的是错了,
因为她沉思的眼里是有着火焰。

她将使我为她而憔悴吗?
或许是的,但是谁能知道?
有时她向我微笑着,
而这忧郁的微笑使我也坠入怀乡病里。

---

[①] 本诗与后面二首都是写在异国他乡都市的日本妓女的。

她是冷漠的吗？不。
因为我们的眼睛是秘密地交谈着；
而她是醉一样地合上了她的眼睛的，
如果我轻轻地吻着她花一样的嘴唇。

## 八　重　子

八重子是永远地忧郁着的，
我怕她会郁瘦了她的青春。
是的，我为她的健康挂虑着，
尤其是为她的沉思的眸子。

发的香味是簪着辽远的恋情，
辽远到要使人流泪；
但是要使她欢喜，我只能微笑，
只能像幸福者一样地微笑。

因为我要使她忘记她的孤寂，
忘记萦系着她的渺茫的乡思，
我要使她忘记她在走着
无尽的寂寞的凄凉的路。

而且在她的唇上，我要为她祝福，

为我的永远忧郁着的八重子，
我愿她永远有着意中人的脸，
春花的脸，和初恋的心。

# 梦 都 子

—— 致霞村①

她有太多的蜜饯的心——
在她的手上,在她的唇上;
然后跟着口红,跟着指爪,
印在老绅士的颊上,
刻在醉少年的肩上。

我们是她年青的爸爸,诚然,
但也害怕我们的女儿到怀里来撒娇,
因为在蜜饯的心以外,
她还有蜜饯的乳房,
而在撒娇之后,她还会放肆。

你的衬衣上已有了贯矢的心,

---

① 霞村:指徐霞村,我国 20 世纪二三十年代的作家、翻译家。曾与戴有合译作品。任多所院校讲师、教授。

而我的指上又有了纸捻的约指①,
如果我爱惜我的秀发,
那么你又该受那心愿的忤逆。

---

① 约指:戒指。

## 我 的 素 描

辽远的国土的怀念者,
我,我是寂寞的生物。

假如把我自己描画出来,
那是一幅单纯的静物写生。

我是青春和衰老的集合体,
我有健康的身体和病的心。

在朋友间我有爽直的声名,
在恋爱上我是一个低能儿。

因为当一个少女开始爱我的时候,
我先就要栗然地惶恐。

我怕着温存的眼睛,

像怕初春青空的朝阳。

我是高大的,我有光辉的眼;
我用爽朗的声音恣意谈笑。

但在悒郁的时候,我是沉默的,
悒郁着,用我二十四岁①的整个的心。

---

① 二十四岁的诗人正在欧洲游学。

## 单 恋 者

我觉得我是在单恋着,
但是我不知道是恋着谁:
是一个在迷茫的烟水中的国土吗,
是一枝在静默中零落的花吗,
是一位我记不起的陌路丽人吗?
我不知道。
我知道的是我的胸膨胀着,
而我的心悸动着,像在初恋中。

在烦倦的时候,
我常是暗黑的街头的踯躅者,
我走遍了嚣嚷的酒场,
我不想回去,好像在寻找什么。
飘来一丝媚眼或是塞满一耳腻语,
那是常有的事。
但是我会低声说:

"不是你!"然后踉跄地又走向他处。
人们称我为"夜行人"①,
尽便吧,这在我是一样的;
真的,我是一个寂寞的夜行人。
而且又是一个可怜的单恋者。

---

① 夜行人:指侠客或盗贼。

## 老之将至

我怕自己将慢慢地慢慢地老去,
随着那迟迟寂寂的时间,
而那每一个迟迟寂寂的时间,
是将重重地载着无量的怅惜的。

而在我坚而冷的圈椅中,在日暮,
我将看见,在我昏花的眼前
飘过那些模糊的暗淡的影子:
一片娇柔的微笑,一只纤纤的手,
几双燃着火焰的眼睛,
或是几点耀着珠光的眼泪。

是的,我将记不清楚了:
在我耳边低声软语着
"在最适当的地方放你的嘴唇"的,
是那樱花一般的樱子吗?

那是茹丽苔吗,飘着懒倦的眼
望着她已卸了的锦缎的鞋子?……
这些,我将都记不清楚了,
因为我老了。

我说,我是担忧着怕老去,
怕这些记忆凋残了,
一片一片地,像花一样,
只留着垂枯的枝条,孤独地。

## 秋 天 的 梦

迢遥的牧女的羊铃,
摇落了轻的树叶。

秋天的梦是轻的,
那是窈窕的牧女之恋。

于是我的梦是静静地来了,
但却载着沉重的昔日。

唔,现在,我有一些寒冷,
一些寒冷,和一些忧郁。

# 前　夜

一夜的纪念，呈呐鸥①兄

在比志步尔②启碇的前夜，
托密③的衣袖变作了手帕，
她把眼泪和着唇脂拭在上面，
要为他壮行色，更加一点粉香。

明天会有太淡的烟和太淡的酒，
和磨不损的太坚固的时间，
而现在，她知道应该有怎样的忍耐：
托密已经醉了，而且疲倦得可怜。

这的橙花香味的南方的少年，
他不知道明天只能看见天和海——

---

① 呐鸥：刘呐鸥，台湾人，作家、电影制片人，诗人的朋友。新感觉派的先驱者。
② 比志步尔：邮轮号，发表在《现代》时为"斯登步尔"。
③ 托密：有版本注"托密"指刘呐鸥。

或许在"家,甜蜜的家"①里他会康健些,
但是他的温柔的亲戚却要更瘦,更瘦。

---

① 英国歌剧《米兰姑娘克拉丽》(伦敦,1823)的主题歌《可爱的家》歌词中反复出现此句。词作者为佩恩。

# 我 的 恋 人

我将对你说我的恋人①,
我的恋人是一个羞涩的人,
她是羞涩的,有着桃色的脸,
桃色的嘴唇,和一颗天青色②的心。

她有黑色的大眼睛,
那不敢凝看我的黑色的大眼睛——
不是不敢,那是因为她是羞涩的;
而当我依在她胸头的时候,
你可以说她的眼睛是变换了颜色,
天青的颜色,她的心的颜色。

---

① 我的恋人:指施绛年。
② 天青色:是诗人最喜欢的颜色,无数次出现在他的诗中,都用在他的恋人身上。也称"天青过雨","青如天明,如镜薄,如纸声,如磐滋润细媚,有细纹"。相传,是后周柴世宗柴荣为柴窑生产的上品瓷所批:"雨过天青云破处,者般颜色作将来。"于是便有此命名流行至今。

她有纤纤的手,
它会在我烦忧的时候安抚我,
她有清朗而爱娇的声音,
那是只向我说着温柔的,
温柔到销溶了我的心的话的。
她是一个静娴的少女,
她知道如何爱一个爱她的人,
但是我永远不能对你说她的名字,
因为她是一个羞涩的恋人。

# 村　姑

村里的姑娘静静地走着,
提着她的蚀着青苔的水桶;
溅出来的冷水滴在她的跣足上,
而她的心是在泉边的柳树下。

这姑娘会静静地走到她的旧屋去,
那在一棵百年的冬青树荫下的旧屋。
而当她想到在泉边吻她的少年,
她会微笑着,抿起了她的嘴唇。

她将走到那古旧的木屋边,
她将在那里惊散了一群在啄食的瓦雀,
她将静静地走到厨房里,
又静静地把水桶放在干刍边。

她将帮助她的母亲造饭,

而从田间回来的父亲将坐在门槛上抽烟,
她将给猪圈里的猪喂食,
又将可爱的鸡赶进它们的窠里去。

在暮色中吃晚饭的时候,
她的父亲会谈着今年的收成,
他或许会说到她的女儿的婚嫁,
而她便将羞怯地低下头去。

她的母亲或许会说她的懒惰
(她打水的迟延便是一个好例子),
但是她会不听到这些话,
因为她在想着那有点鲁莽的少年。

## 野　宴

对岸青叶荫下的野餐，
只有百里香和野菊作伴；
河水已洗涤了碍人的礼仪，
白云遂成为飘动的天幕。

那里有木叶一般绿的薄荷酒，
和你所爱的芬芳的腊味，
但是这里有更可口的芦笋
和更新鲜的乳酪。

我的爱软的草的小姐，
你是知味的美食家。
先尝这开胃的饮料，
然后再试那丰盛的名菜。

## 三顶礼①

引起寂寂的旅愁的,
翻着软浪的暗暗的海,
我的恋人的发,
受我怀念的顶礼。

恋之色的夜合花,
佻㒰的夜合花,
我的恋人的眼,
受我沉醉的顶礼。

给我苦痛的螫的,
苦痛的但是欢乐的螫的,
你小小的红翅的蜜蜂,

---

① 三顶礼:五体投地三叩首称三顶礼,为佛教最为隆重、虔诚的礼拜方式。诗人在这里用在了对恋人之发、之眼、之唇的爱恋上。

我的恋人的唇，

受我怨恨的顶礼①。

---

① 怨恨的顶礼：二十三岁的诗人爱上十八岁的施绛年。订婚后，施蛰存（一说施绛年要求的）要他出国三年（并取得学位）后才能结婚。戴出国后便后悔要提前回国。施蛰存不同意。戴又想让施绛年去法国，也遭到了拒绝。是以有"怨恨"一词的出现。戴三年后回国，施绛年已移情别恋。有人说：戴望舒丢了一段良缘，中国却多了一位诗人。

## 二 月

春天已在野菊的头上逡巡着了,
春天已在斑鸠的羽上逡巡着了,
春天已在青溪的藻上逡巡着了,
绿荫的林遂成为恋的众香国。

于是原野将听倦了谎话的交换,
而不载重的无邪的小草
将醉着温软的皓体的甜香;

于是,在暮色冥冥里
我将听了最后一个游女的惋叹,
拈着一枝蒲公英缓缓地归去。

## 小　病

从竹帘里漏进来的泥土的香
在浅春的风里它几乎凝住了；
小病的人嘴里感到了莴苣的脆嫩，
于是遂有了家乡小园的神往。

小园里阳光是常在芸苔的花上吧，
细风是常在细腰蜂的翅上吧，
病人吃的莱菔的叶子许被虫蛀了，
而雨后的韭菜却许已有甜味的嫩芽了。

现在，我是害怕那使我脱发的饕餮了，
就是那滑腻的海鳗般美味的小食也得斋戒，
因为小病的身子在浅春的风里是软弱的，
况且我又神往于家园阳光下的莴苣。

## 款　步(一)

这里是爱我们的苍翠的松树,
它曾经遮过你的羞涩和我的胆怯,
我们的这个同谋者是有一个好记心的,
现在,它还向我们说着旧话,但并不揶揄。

还有那多嘴的深草间的小溪,
我不知道它今天为什么缄默:
我不看见它,或许它已换一条路走了,
饶舌着,施施然绕着小村而去了。

这边是来做夏天的客人的闲花野草,
它们是穿着新装,像在婚筵里,
而且在微风里对我们作有礼貌的礼敬,
好像我们就是新婚夫妇。

我的小恋人,今天我不对你说草木的恋爱,

却让我们的眼睛静静地说我们自己底,
而且我要用我的舌头封住你的小嘴唇了,
如果你再说:我已闻到你的愿望的气味。

## 款　步(二)

答应我绕过这些木棚,
去坐在江边的游椅上。
啮着沙岸的永远的波浪,
总会从你投出着的素足
撼动你抿紧的嘴唇的。
而这里,鲜红并寂静得
与你底嘴唇一样的枫林间,
虽然残秋的风还未来到,
但我已经从你的缄默里,
觉出了它的寒冷。

## 过　时


说我是一个在怅惜着，
怅惜着好往日的少年吧，
我唱着我的崭新的小曲，
而你却揶揄：多么"过时！"

是呀，过时了，我的"单恋女"
都已经变作妇人或是母亲，
而我，我还可怜地年轻——
年轻？不吧，有点靠不住。

是呀，年轻是有点靠不住，
说我是有一点老了吧！
你只看我拿手杖的姿态
它会告诉你一切；而我的眼睛亦然。

老实说，我是一个年轻的老人了：

对于秋草秋风是太年轻了，
而对于春月春花却又太老。

# 有　赠[1]

谁曾为我束起许多花枝,
灿烂过又憔悴了的花枝,
谁曾为我穿起许多泪珠,
又倾落到梦里去的泪珠?

我认识你充满了怨恨的眼睛,
我知道你愿意缄在幽暗中的话语,
你引我到了一个梦中,
我却又在另一个梦中忘了你。

我的梦和我的遗忘中的人,
哦,受过我暗自祝福的人,
终日有意地灌溉着蔷薇,
我却无心地让寂寞的兰花愁谢。

---

[1] 1936年,上海艺华影片公司电影《初恋》以此为主题歌时,有较大的改动,但原创意依旧。影片播出后,歌曲传唱一时。

## 游 子 谣

海上微风起来的时候,
暗水上开遍青色的蔷薇。
——游子的家园呢?

篱门是蜘蛛的家,
土墙是薜荔的家,
枝繁叶茂的果树是鸟雀的家。

游子却连乡愁也没有,
他沉浮在鲸鱼海蟒间:
让家园寂寞的花自开自落吧。

因为海上有青色的蔷薇,
游子要萦系他冷落的家园吗?
还有比蔷薇更清丽的旅伴呢。

## 秋　蝇

木叶①的红色，
木叶的黄色，
木叶的土灰色：
窗外的下午！

用一双无数的眼睛，
衰弱的苍蝇望得昏眩。
这样窒息的下午啊！
它无奈地搔着头搔着肚子。

木叶，木叶，木叶，
无边木叶萧萧下。

---

① 木叶：中国古典诗歌中常见的一种意象，即树叶，寓秋风落叶之意。如《楚辞·九歌·湘夫人》中的"袅袅兮秋风，洞庭波兮木叶下"。对木叶这个词，诗人很喜欢，与青色、蔷薇、蝴蝶等词一样，在他的诗作中出现频率很高。

玻璃窗是寒冷的冰片了,
太阳只有苍茫的色泽。
巡回地散一次步吧!
它觉得它的脚软。

红色,黄色,土灰色,
昏眩的万华筒的图案啊!

迢遥的声音,古旧的,
大伽蓝①的钟磬?天末的风?
苍蝇有点僵木,
这样沉重的翼翅啊!

飘下地,飘上天的木叶旋转着,
红色,黄色,土灰色的错杂的回轮。

无数的眼睛渐渐模糊,昏黑,
什么东西压到轻绡的翅上,
身子像木叶一般地轻,
载在巨鸟的翎翮上吗?

---

① 大伽(qié)蓝:佛教寺院的通称。

## 夜 行 者

这里他来了:夜行者!
冷清清的街上有沉着的跫音①,
从黑茫茫的雾,
到黑茫茫的雾。

夜的最熟稔的朋友,
他知道它的一切琐碎,
那么熟稔,在它的熏陶中
他染了它一切最古怪的脾气。

夜行者是最古怪的人。
你看他走在黑夜里:
戴着黑色的毡帽,
迈着夜一样静的步子。

---

① 跫(qióng)音:脚步声。

## 微 辞

园子里蝶褪了粉蜂褪了黄,
则木叶下的安息是允许的吧,
然而好玩弄的女孩子是不肯休止的,
"你瞧我的眼睛,"她说,"它们恨你!"

女孩子有恨人的眼睛,我知道,
她还有不洁的指爪,
但是一点恬静和一点懒是需要的,
只瞧那新叶下静静的蜂蝶。

魔道者使用曼陀罗根①或是枸杞,
而人却像花一般地顺从时序,
夜来香娇妍地开了一个整夜,
朝来送入温室一时能重鲜吗?

---

① 曼陀罗根:中药,曼陀罗花的根。在西方,此花根曾被认为有催情作用。

园子都已恬静,
蜂蝶睡在新叶下,
迟迟的永昼①中,
无厌的女孩子也该休止。

---

① 永昼:指漫长的白天。李清照有词句"薄雾浓云愁永昼"。

## 妾 薄 命①

一枝,两枝,三枝,
床巾上的图案花
为什么不结果子啊!
过去了:春天,夏天,秋天。

明天梦已凝成了冰柱;
还会有温煦的太阳吗?
纵然有温煦的太阳,跟着檐溜②,
去寻坠梦的玎玲吧!

---

① 妾薄命:乐府旧题,多用于古诗中哀怨类的作品。
② 檐溜:屋檐下的冰溜子。

# 少 年 行

是簪花的老人呢，
灰暗的篱笆披着茑萝；

旧曲在颤动的枝叶间死了，
新蜕的蝉用单调的生命赓续。

结客寻欢都成了后悔，
还要学少年的行蹊吗？

平静的天，平静的阳光下，
烂熟的果子平静地落下来了。

# 旅 思

故乡芦花开的时候,
旅人的鞋跟染着征泥,
黏住了鞋跟,黏住了心的征泥,
几时经可爱的手拂拭?

栈石星饭①的岁月,
骤山骤水的行程:
只有寂静中的促织声,
给旅人尝一点家乡的风味。

---

① 栈石星饭:指在石栈道上的星光下吃完饭。南朝鲍照有"栈石星饭,结荷水宿,旅客贫辛,波路壮阔"之句。栈石,石栈道;星饭,星星出来才吃饭。

# 不　寐

在沉静底音波中，
每个爱娇的影子
在眩晕的脑里
作瞬间的散步；

只是短促的瞬间，
然后列成桃色的队伍，
月移花影地淡然消溶：
飞机上的阅兵式。

掌心抵着炎热的前额，
腕上有急促的温息；
是那一宵的觉醒啊？
这种透过皮肤的温息。

让沉静底最高的音波

来震破脆弱的耳膜吧。
窒息的白色的帐子,墙……
什么地方去喘一口气呢?

## 深闭的园子

五月的园子
已花繁叶满了,
浓荫里却静无鸟喧。

小径已铺满苔藓,
而篱门的锁也锈了——
主人却在迢遥的太阳下。

在迢遥的太阳下,
也有璀璨的园林吗?

陌生人在篱边探首,
空想着天外的主人。

# 灯

士为知己者用,
故承恩的灯
遂做了恋的同谋人:
作憧憬之雾的
青色的灯,
作色情之屏的
桃色的灯。

因为我们知道爱灯,
如仁者乐山,智者乐水,
为供它的法眼的鉴赏
我们展开秘藏的风俗画:
灯却不笑人的风魔。

在灯的友爱的光里,
人走进了美容院;

千手千眼的技师,
替人匀着最宜雅的脂粉,
于是我们便目不暇给。

太阳只发着学究的教训,
而灯光却作着亲切的密语,
至于交头接耳的暗黑,
就是饕餮者的施主了。

## 寻 梦 者

梦会开出花来的,
梦会开出娇妍的花来的:
去求无价的珍宝吧。

在青色的大海里,
在青色的大海的底里,
深藏着金色的贝①一枚。

你去攀九年②的冰山吧,
你去航九年的旱海吧,
然后你逢到那金色的贝。

---

① 金色的贝:据说一位长者告诉一位青年,在北海的海滩上有金贝。青年日复一日地在海滩上寻找,经过无数落空,他已完全失望,认为这里没有金贝。有一天,他终于拾到了金贝。但他已形成思维定式,认为这里没有金贝,便又扔掉了。直到老年,他才悟出一个道理,告诉下一代的青年说:北海没有金贝。
② "九"是个位数中最大的一个,古人认为"九"是一个极数,这里是虚指,指很多。

它有天上的云雨声,
它有海上的风涛声,
它会使你的心沉醉。

把它在海水里养九年,
把它在天水里养九年,
然后,它在一个暗夜里开绽了。

当你鬓发斑斑了的时候,
当你眼睛朦胧了的时候,
金色的贝吐出桃色的珠。①

把桃色的珠放在你怀里,
把桃色的珠放在你枕边,
于是一个梦静静地升上来了。

你的梦开出花来了,
你的梦开出娇妍的花来了,
在你已衰老了的时候。

---

① 桃色的珠:指梦想成真。这要经过一生的努力,到了鬓发斑白时,你的梦才会开出花来。

## 乐 园 鸟

飞着,飞着,春,夏,秋,冬,
昼,夜,没有休止,
华羽的乐园鸟,
这是幸福的云游呢,
还是永恒的苦役?


渴的时候也饮露,
饥的时候也饮露,
华羽的乐园鸟,
这是神仙的佳肴呢,
还是为了对于天的乡思?


是从乐园里来的呢,
还是到乐园里去的?
华羽的乐园鸟,
在茫茫的青空中,

也觉得你的路途寂寞吗?

假使你是从乐园里来的,
可以对我们说吗,
华羽的乐园鸟,
自从亚当、夏娃被逐后,
那天上的花园已荒芜到怎样了?

## 见毋忘我花

为你开的
为我开的毋忘我花,
为了你的怀念,
为了我的怀念,
它在陌生的太阳下,
陌生的树林间,
谦卑地,悒郁地开着。

在僻静的一隅,
它为你向我说话,
它为我向你说话;
它重数我们用凝望
远方的潮润的眼睛
在沉默中所说的话,
而它的语言又是
像我们的眼一样沉默。

开着吧,永远开着吧,
罣虑我们的小小的青色的花。

## 微　笑

轻岚从远山飘开，
水蜘蛛在静水上徘徊；
说吧：无限意，无限意。

有人微笑，
一颗心开出花来，
有人微笑，
许多脸儿忧郁起来。

做定情之花节的点缀吧，
做迢遥之旅愁的凭借吧。

# 霜　花

九月的霜花，
十月的霜花，
雾的娇女，
开到我鬓边来。

装点着秋叶，
作装点了单调的死，
雾的娇女，
来替我簪你素艳的花。

你还有珍珠的眼泪吗？
太阳已不复重燃死灰了。
我静观我鬓丝的零落，
于是我迎来你所装点的秋。

# 第 二 辑

## 古意答客问

孤心逐浮云之炫烨的卷舒,
惯看青空的眼喜侵阈的青芜。
你问我的欢乐何在?
——窗头明月枕边书。

侵晨看岚蹰躅于山巅,
入夜听风琐语于花间。
你问我的灵魂安息于何处?
——看那袅绕地,袅绕地升上去的炊烟。

渴饮露,饥餐英;
鹿守我的梦,鸟祝我的醒。
你问我可有人间世的罣虑?
——听那消沉下去的百代之过客的跫音。

一九三四年十二月五日

# 灯

灯守着我，劬①劳地，
凝看我眸子中
有穿着古旧的节日衣衫的
欢乐儿童，
忧伤稚子，
像木马栏②似的
转着，转着，永恒地……

而火焰的春阳下的树木般的
小小的爆裂声，
摇着我，摇着我，
柔和地。

美丽的节日萎谢了，

---

① 劬(qú)劳：辛苦劳累。
② 木马栏：旧式的旋转木马，一种儿童游乐设备。

木马栏犹自转着,转着……
灯徒然怀着母亲的劬劳,
孩子们的彩衣已褪了颜色。

已矣哉!①
采撷黑色大眼睛的凝视
去织最绮丽的梦网!
手指所触的地方:
火凝作冰焰,
花幻为枯枝。
灯守着我。让它守着我!

曦阳普照,蜥蜴不复浴其光,②
帝王长卧,鱼烛③永恒地高烧
在他森森的陵寝。

这里,一滴一滴地,
寂静坠落,坠落,坠落。

一九三四年十二月二十一日

---

① 已矣哉:有"算了吧""就这样子了"的意思。
② 蜥蜴为冷血动物,需要沐浴日光来提高体温,尤其是生存于地下、海中及水陆两栖的品种。
③ 鱼烛:传说用人鱼膏制的蜡烛,长燃不灭,一滴可烧数月。《史记》称秦始皇墓葬"以人鱼膏为烛,度不灭者久之"。人鱼即娃娃鱼。

## 秋 夜 思

谁家动刀尺？①
心也需要秋衣。

听鲛人②的召唤，
听木叶的呼息！
风从每一条脉络进来，
窃听心的枯裂之音。

诗人云：心即是琴。
谁听过那古旧的阳春白雪？
为真知的死者的慰藉，
有人已将它悬在树梢，

---

① 刀尺：杜甫《秋兴》诗有"寒衣处处催刀尺"句，讲的是秋天冷了，寒气日重催促人们动剪刀与量尺做御寒的衣服。
② 鲛人：神话传说南海外有人首鱼尾的美人鱼，善纺织，织物称鲛绡，入水不湿。"鲛人的召唤"当指卖布人的叫卖声。传说鲛人以其织纱做生意。

为天籁①之凭托——
但曾一度谛听的飘逝之音。

而断裂的吴丝蜀桐②
仅使人从弦柱间思忆华年。③

一九三五年七月六日

---

① 天籁：大自然之音。《庄子·齐物论》有天籁、地籁、人籁之论。天籁指大自然之音，地籁指风吹大地孔窍之音，人籁指人类发出的声音。音乐中以琴音为天籁，以埙音为地籁，以乐府之音为人籁。
② 吴丝蜀桐：古琴的代称。李贺的《李凭箜篌引》有"吴丝蜀桐张高秋"之句。吴地的丝天下第一，蜀地白桐为天下最佳的琴材，以吴丝为琴弦，以蜀桐为琴木，合起来就是天下最好的琴。
③ 本句为李商隐《锦瑟》"一弦一柱思华年"一句的化入。

## 小　曲

啼倦的鸟藏喙在彩翎间,
音的小灵魂向何处翩跹?
老去的花一瓣瓣委尘土,
香的小灵魂在何处流连?

它们不能在地狱里,不能,
这那么好,那么好的灵魂!
那么是在天堂,在乐园里?
摇摇头,圣彼得①可也否认。

没有人知道在那里,没有,

---

① 圣彼得:耶稣生前十二门徒之一,耶稣死后彼得成为耶教领袖、事实上的大教皇。耶稣给他两把钥匙。一把为开启天堂大门的金钥匙;一把是打开地球圣教的银钥匙。

诗人却微笑而三缄其口①：
有什么东西在调和氤氲，
在他的心的永恒的宇宙。

一九三六年五月十四日

---

① 三缄其口：讲话慎重三思而言。典出于孔子。孔子率弟子自鲁入周瞻拜太庙，见台右立一铜人，嘴上被贴了三道封条，背面写着"古之慎言者也。诫之哉，诫之哉！无多言，多言多败"。（汉·刘向《说苑·敬慎》）

## 赠 克 木[①]

我不懂别人为什么给那些星辰
取一些它们不需要的名称,
它们闲游在太空,无牵无挂,
不了解我们,也不求闻达。

记着天狼,海王,大熊……这一大堆,
还有它们的成分,它们的方位,
你绞干了脑汁,涨破了头,
弄了一辈子,还是个未知的宇宙。

星来星去,宇宙运行,
春秋代序,人死人生,
太阳无量数,太空无限大,
我们只是倏忽渺小的夏虫井蛙。

---

[①] 克木:金克木。我国著名文学家、翻译家、梵学研究家。中国现代诗著名诗人。青年时代特别爱好天文学。

不痴不聋,不做阿家翁,①
为人之大道全在懵懂,
最好不求甚解,单是望望,
看天,看星,看月,看太阳。

也看山,看水,看云,看风,
看春夏秋冬之不同,
还看人世的痴愚,人世的恍惚:
静默地看着,乐在其中。

乐在其中,乐在空与时以外,
我和欢乐都超越过一切境界,
自己成一个宇宙,有它的日月星,
来供你钻究,让你皓首穷经。

或是我将变一颗奇异的彗星,
在太空中欲止即止,欲行即行,
让人算不出轨迹,瞧不透道理,
然后把太阳敲成碎火,把地球撞成泥。

一九三六年五月十八日

---

① 本句借用中国民间俚俗之语,本意是为人公婆者,有些事心里明白但也不要说出来;有些话听到了,就当没听见,否则事事较真,就不会有家庭和睦。

# 眼

在你的眼睛的微光下，
迢遥的潮汐升涨：
玉的珠贝，
青铜的海藻……
千万尾飞鱼的翅，
剪碎分而复合的
顽强的渊深的水。

无渚崖的水，
暗青色的水！
在什么经纬度上的海中，
我投身又沉溺在
以太阳之灵照射的诸太阳间，
以月亮之灵映光的诸月亮间，
以星辰之灵闪烁的诸星辰间？
于是我是彗星，

有我的手,
有我的眼,
并尤其有我的心。

我晞曝于你的眼睛的
苍茫朦胧的微光中,
并在你上面,
在你的太空的镜子中
鉴照我自己的
透明而畏寒的
火的影子,
死去或冰冻的火的影子。

我伸长,我转着,
我永恒地转着,
在你的永恒的周围
并在你之中……

我是从天上奔流到海,
从海奔流到天上的江河,
我是你每一条动脉,
每一条静脉,
每一个微血管中的血液,
我是你的睫毛
(它们也同样在你的

眼睛的镜子里顾影),
是的,你的睫毛,你的睫毛,

而我是你,
因而我是我。

一九三六年十月十九日

# 夜　蛾

绕着蜡烛的圆光,
夜蛾作可怜的循环舞,
这些众香国的谪仙①不想起
已死的虫,未死的叶。

说这是小睡中的亲人,
飞越关山,飞越云树②,
来慰藉我们的不幸,
或者是怀念我们的死者,
被记忆所逼,离开了寂寂的夜台③来。

我却明白它们就是我自己,

---

① 谪(zhé)仙:指被贬到人间的神仙。
② 云树:成语云树之思,谓朋友阔别的相思之情。李商隐有"嵩云秦树"之谓,杜甫忆李白有"渭北春天树,江东日暮云"之诗。云树由此成为思念友人的隐喻。
③ 夜台:古诗词常用词,代指坟墓。墓形如台,墓内封闭无光如夜,故称夜台。

因为它们用彩色的大绒翅
遮覆住我的影子，
让它留在幽暗里。
这只是为了一念，不是梦，
就像那一天我化成凤。

　　　　　一九三六年十二月二十六日

## 寂 寞

园中野草渐离离,
托根于我旧时的脚印,
给他们披青春的彩衣:
星下的盘桓从兹消隐。

日子过去,寂寞永存,
寄魂于离离的野草
像那些可怜的灵魂,
长得如我一般高。

我今不复到园中去,
寂寞已如我一般高:
我夜坐听风,昼眠听雨,
悟得月如何缺,天如何老。

一九三七年二月十二日

## 我 思 想

我思想,故我是蝴蝶……①
万年后小花的轻呼
透过无梦无醒的云雾,
来振撼我斑斓的彩翼。

一九三七年三月十四日

---

① 蝴蝶:这是戴诗中反复出现的词汇。在古人心目中,其一,认为蝴蝶是一种羽化之物,类仙;是一种生存形态、状态由低级到高级的升华,由蛹中化虫生翅而脱却旧壳,飞升为蝶。其二,认为是死可复生之物,如梁祝化蝶。为什么不化他物? 蝶美丽而喜双飞,象征爱情。其三,认为蝴蝶是一种梦境,如庄生梦蝶。蝴蝶很美丽,又很弱小无力,但自由、快乐。

## 元 日 祝 福

新的年岁带给我们新的希望。
祝福！我们的土地,
血染的土地,焦裂的土地,
更坚强的生命将从而滋长。

新的年岁带给我们新的力量。
祝福！我们的人民,
坚苦的人民,英勇的人民,
苦难会带来自由解放。

一九三九年元旦日

## 白 蝴 蝶

给什么智慧给我,
小小的白蝴蝶,
翻开了空白之页,
合上了空白之页?

翻开的书页:
寂寞;
合上的书页:
寂寞。

一九四〇年五月三日

## 致 萤 火

萤火,萤火,
你来照我。

照我,照这沾露的草,
照这泥土,照到你老。

我躺在这里,让一颗芽
穿过我的躯体,我的心,
长成树,开花;

让一片青色的藓苔,
那么轻,那么轻
把我全身遮盖,

像一双小手纤纤,
当往日我在昼眠,

把一条薄被
在我身上轻披。

我躺在这里
咀嚼着太阳的香味;
在什么别的天地,
云雀在青空中高飞。

萤火,萤火
给一缕细细的光线——
够担得起记忆,
够把沉哀来吞咽!

一九四一年六月二十六日

## 狱中题壁

如果我死在这里,
朋友啊,不要悲伤,
我会永远地生存
在你们的心上。

你们之中的一个死了,
在日本占领地的牢里,
他怀着的深深仇恨,
你们应该永远地记忆。

当你们回来,从泥土
掘起他伤损的肢体,
用你们胜利的欢呼
把他的灵魂高高扬起,

然后把他的白骨放在山峰,

曝着太阳,沐着飘风:
在那暗黑潮湿的土牢,
这曾是他唯一的美梦。

一九四二年四月二十七日

## 我用残损的手掌

我用残损的手掌
摸索这广大的土地：
这一角已变成灰烬，
那一角只是血和泥；
这一片湖该是我的家乡，
（春天，堤上繁花如锦障，
嫩柳枝折断有奇异的芬芳）
我触到荇藻和水的微凉；
这长白山的雪峰冷到彻骨，
这黄河的水夹泥沙在指间滑出；
江南的水田，你当年新生的禾草
是那么细，那么软……现在只有蓬蒿；
岭南的荔枝花寂寞地憔悴，
尽那边，我蘸着南海没有渔船的苦水……
无形的手掌掠过无限的江山，
手指沾了血和灰，手掌黏了阴暗，

只有那辽远的一角①依然完整,
温暖,明朗,坚固而蓬勃生春。
在那上面,我用残损的手掌轻抚,
像恋人的柔发,婴孩手中乳。
我把全部的力量运在手掌
贴在上面,寄与爱和一切希望,
因为只有那里是太阳,是春,
将驱逐阴暗,带来甦生,
因为只有那里我们不像牲口一样活,
蝼蚁一样死……那里,永恒的中国!

一九四二年七月三日

---

① 辽远的一角:指共产党领导下的苏区。作者在这里寄托了自己的大爱、理想和希望——温暖的、光明的,人能够像人一样活着的"永恒的中国"。

## 心　愿

几时可以开颜笑笑，
把肚子吃一个饱，
到树林子去散一会儿步，
然后回来安逸地睡一觉？
　　只有把敌人打倒。

几时可以再看见朋友们，
跟他们游山，玩水，谈心，
喝杯咖啡，抽一支烟，
念念诗，坐上大半天？
　　只有送敌人入殓。

几时可以一家团聚，
拍拍妻子，抱抱儿女，
烧个好菜，看本电影，
回来围炉谈笑到更深？

只有将敌人杀尽。

只有起来打击敌人，
自由和幸福才会临降，
否则这些全是白日梦
和没有现实的游想。

　　　　　　一九四三年一月二十八日

# 等 待(一)

我等待了两年，
你们还是这样遥远啊！
我等待了两年，
我的眼睛已经望倦啊！

说六个月可以回来啦，
我却等待了两年啊，
我已经这样衰败啦，
谁知道还能够活几天啊。

我守望着你们的脚步，
在熟稔的贫困和死亡间，
当你们再来,带着幸福，
会在泥土中看见我张大的眼。

一九四三年十二月三十一日

# 等　待(二)

你们走了,留下我在这里等,
看血污的铺石上徘徊着鬼影,
饥饿的眼睛凝望着铁栅,
勇敢的胸膛迎着白刃:
耻辱黏住每一颗赤心,
在那里,炽烈地燃烧着悲愤。

把我遗忘在这里,让我见见
屈辱的极度,沉痛的界限,
做个证人,做你们的耳,你们的眼,
尤其做你们心,受苦难,磨炼,
仿佛是大地的一块,让铁蹄蹂践,
仿佛是你们的一滴血,遗在你们后面。

没有眼泪没有语言的等待:
生和死那么紧地相贴相挨,

而在两者间,颀长的岁月在那里挤,
结伴儿走路,好像难兄难弟。

冢地只两步远近,我知道
安然占六尺黄土,盖六尺青草;
可是这儿也没有什么大不同,
在这阴湿,窒息的窄笼:
做白虱的巢穴,做泔脚缸,
让脚气慢慢延伸到小腹上,
做柔道的呆对手,剑术的靶子,
从口鼻一齐喝水,然后给踩肚子,
膝头压在尖钉上,砖头垫在脚踵上,
听鞭子在皮骨上舞,做飞机在梁上荡……

多少人从此就没有回来,
然而活着的却耐心地等待。

让我在这里等待,
耐心地等你们回来:
做你们的耳目,我曾经生活,
做你们的心,我永远不屈服。

一九四四年一月十八日

## 过 旧 居(初稿)

静掩的窗子隔住尘封的幸福,
寂寞的温暖饱和着辽远的炊烟——
陌生的声音还是解冻的呼唤?……
挹泪的过客在往昔生活了一瞬间。

一九四四年三月二日

# 过 旧 居

这样迟迟的日影,
这样温暖的寂静,
这片午炊的香味,
对我是多么熟稔。

这带露台,这扇窗,
后面有幸福在窥望,
还有几架书,两张床,
一瓶花……这已是天堂。

我没有忘记:这是家,
妻如玉,女儿如花,
清晨的呼唤和灯下的闲话,
想一想,会叫人发傻;

单听他们亲昵地叫,

就够人整天地骄傲,
出门时挺起胸,伸直腰,
工作时也抬头微笑。

现在……可不是我回家的午餐?……
桌上一定摆上了盘和碗,
亲手调的羹,亲手煮的饭,
想起了就会嘴馋。

这条路我曾经走了多少回!
多少回?……过去都压缩成一堆,
叫人不能分辨,日子是那么相类,
同样幸福的日子,这些孪生姊妹!

我可糊涂啦,是不是今天
出门时我忘记说"再见"?
还是这事情发生在许多年前,
其中间隔着许多变迁?

可是这带露台,这扇窗,
那里却这样静,没有声响,
没有可爱的影子,娇小的叫嚷,
只是寂寞,寂寞,伴着阳光。

而我的脚步为什么又这样累?

是否我肩上压着苦难的年岁,
压着沉哀,透渗到骨髓,
使我眼睛朦胧,心头消失了光辉?

为什么辛酸的感觉这样新鲜?
好像伤没有收口,苦味在舌间。
是一个归途的游想把我欺骗,
还是灾难的日月真横亘其间?

我不明白,是否一切都没改动,
却是我自己做了白日梦,
而一切都在那里,原封不动:
欢笑没有冰凝,幸福没有尘封?

或是那些真实的岁月,年代,
走得太快一点,赶上了现在,
回过头来瞧瞧,匆忙又退回来,
再陪我走几步,给我瞬间的欢快?

…………

有人开了窗,
有人开了门,
走到露台上——
一个陌生人。

生活,生活,漫漫无尽的苦路!
咽泪吞声,听自己疲倦的脚步:
遮断了魂梦的不仅是海和天,云和树,
无名的过客在往昔作了瞬间的踌躇。

一九四四年三月十日

## 示 长 女

记得那些幸福的日子！
女儿，记在你幼小的心灵：
你童年点缀着海鸟的彩翎，
贝壳的珠色，潮汐的清音，
山岚的苍翠，繁花的绣锦，
和爱你的父母的温存。

我们曾有一个安乐的家，
环绕着淙淙的泉水声，
冬天曝着太阳，夏天笼着清荫，
白天有朋友，晚上有恬静，
岁月在窗外流，不来打搅
屋里终年长驻的欢欣，
如果人家窥见我们在灯下谈笑，
就会觉得单为了这也值得过一生。

我们曾有一个临海的园子，
它给我们滋养的番茄和金笋，
你爸爸读倦了书去垦地，
你妈妈在太阳阴里缝纫，
你呢，你在草地上追彩蝶，
然后在温柔的怀里寻温柔的梦境。

人人说我们最快活，
也许因为我们生活过得蠢，
也许因为你妈妈温柔又美丽，
也许因为你爸爸诗句最清新。

可是，女儿，这幸福是短暂的，
一刹时都被云锁烟埋；
你记得我们的小园临大海，
从那里你们一去就不再回来，
从此我对着那迢遥的天涯，
松树下常常徘徊到暮霭。

那些绚烂的日子，像彩蝶，
现在枉费你摸索追寻，
我仿佛看见你从这间房
到那间，用小手挥逐阴影，
然后，缅想着天外的父亲，
把疲倦的头搁在小小的绣枕。

可是,记着那些幸福的日子,
女儿,记在你幼小的心灵:
你爸爸仍旧会来,像往日,
守护你的梦,守护你的醒。

一九四四年六月二十七日

## 在天晴了的时候

在天晴了的时候,
该到小径中去走走:
给雨润过的泥路,
一定是凉爽又温柔;
炫耀着新绿的小草,
已一下子洗净了尘垢;
不再胆怯的小白菊,
慢慢地抬起它们的头,
试试寒,试试暖,
然后一瓣瓣地绽透;
抖去水珠的凤蝶儿
在木叶间自在闲游,
把它的饰彩的智慧书页
曝着阳光一开一收。

到小径中去走走吧,

在天晴了的时候：
赤着脚，携着手，
踏过新泥，涉过溪流。

新阳推开了阴霾了，
溪水在温风中晕皱，
看山间移动的暗绿——
云的脚迹——它也在闲游。

一九四四年六月二日

## 赠　内

空白的诗帖，
幸福的年岁；
因为我苦涩的诗节
只为灾难树里程碑。

即使清丽的词华
也会消失它的光鲜，
恰如你鬓边憔悴的花
映着明媚的朱颜。

不如寂寂地过一世，
受着你光彩的熏沐，
一旦为后人说起时，
但叫人说往昔某人最幸福。

一九四四年六月九日

# 萧红墓畔口占[①]

走六小时寂寞的长途,
到你头边放一束红山茶,
我等待着,长夜漫漫,
你却卧听着海涛闲话。

一九四四年十一月二十日

---

[①] 据2011年《上海鲁迅研究》载文称:此诗当年在报上刊发了两次:一次是1944年9月10日发表于香港《华侨日报·文艺周刊》,诗题为《墓边口占》;一次是1946年1月22日《新华日报》,诗题为《萧红墓照片题诗录》。萧红生前在香港发表的作品,主要出品人就是戴望舒。萧去世后,戴多次去浅水湾墓地凭吊这位当年忠实的作者与朋友。

## 口　号

盟军的轰炸机来了，
看他们勇敢地飞翔，
向他们表示沉默的欢快，
但却永远不要惊慌。

看敌人四处钻,发抖：
盟军的轰炸机来了，
也许我们会碎骨粉身，
但总比死在敌人手上好。

我们需要冷静,坚忍，
离开兵营,工厂,船坞：
盟军的轰炸机来了，
叫敌人踏上死路。

苦难的岁月不会再迟延，

解放的好日子就快到,
你看带着这消息的
盟军的轰炸机来了。

　　　一九四五年一月十六日香港大轰炸中

## 偶　成

如果生命的春天重到，
古旧的凝冰都哗哗地解冻，
那时我会再看见灿烂的微笑，
再听见明朗的呼唤——这些迢遥的梦。

这些好东西都决不会消失，
因为一切好东西都永远存在，
它们只是像冰一样凝结，
而有一天会像花一样重开。

一九四五年五月三十一日

# 附录一　戴望舒译诗选

## [法]波特莱尔①（五首）

### 信 天 翁

时常地，为了戏耍，船上的人员
捕捉信天翁，那种海上的巨禽——
这些无挂碍的旅伴，追随海船，
跟着它在苦涩的漩涡上航行。

当他们把它们一放到船板上，
这些青天的王者，羞耻而笨拙，
就可怜地垂倒在他们的身旁
它们洁白的巨翼，像一双桨棹。

---

① 波特莱尔(1821—1867)，法国 19 世纪著名象征派诗人。青年时代放浪不羁的天性与诗歌天赋同时显现，以一部《恶之花》诗集被称为"魔鬼诗人"。

这插翅的旅客,多么呆拙委颓!
往时那么美丽,而今丑陋滑稽!
这个人用烟斗戏弄它的尖嘴,
那个人学这飞翔的残废者拐躄!

诗人恰似天云之间的王君,
它出入风波间又笑傲弓弩手;
一旦堕落在尘世,笑骂尽由人,
它巨人般的翼翅妨碍它行走。

## 黄昏的和谐

现在时候到了,在茎上震颤颤,
每朵花氤氲浮动,像一炉香篆;
音和香味在黄昏的空中回转;
忧郁的圆舞曲和懒散的昏眩。

每朵花氤氲浮动,像一炉香篆;
提琴颤动,恰似心儿受了伤残;
忧郁的圆舞曲和懒散的昏眩!
天悲哀而美丽,像一个大祭坛。

提琴颤动,恰似心儿受了伤残,
一颗柔心,它恨虚无的黑漫漫!

天悲哀而美丽,像一个大祭坛;
太阳在它自己的凝血中沉湮……

一颗柔心(它恨虚无的黑漫漫)
收拾起光辉昔日的全部余残!
太阳在它自己的凝血年沉湮……
我心头你的记忆"发光"般明灿!

## 秋　歌

### 一

不久我们将沉入寒冷的幽暗,
再会,我们太短的夏日的辉煌!
我已经听到,带着阴森的震撼,
薪木在庭院的石上声声应响。

整个冬日将回到我心头:愤怒,
憎恨,战栗,恐怖,和强迫的劳苦,
正如太阳做北极地狱的囚徒,
我的心将是红冷的一块顽物。

我战栗着听块块坠下的柴木;
筑刑架也没有更沉着的回响。
我心灵好似个堡垒,终于屈服,

受了沉重不倦的撞角的击撞。

为这单调的震撼所摇,我好像
什么地方有人匆忙把棺材钉……
给谁?——昨天是夏;今天秋已临降!
这神秘的声响好像催促登程。

## 二

我爱你长睛碧辉,温柔的美人,
可是我今朝觉得事事尽堪伤,
你的爱情和妆室,和炉火温存,
看来都不及海上辉煌的太阳。

然而爱我,温柔的心!做个慈母,
纵然是对刁儿,纵然是对逆子;
恋人或妹妹,请你做光耀的秋
或残阳的温柔,由它短暂如此。

短工作!坟墓在等,它贪心无厌!
啊!容我把我的头靠在你膝上,
怅惜着那酷热的白色的夏天,
去尝味那残秋的温柔的黄光。

## 我没有忘记

我没有忘记,离城市不多远近,
我们的白色家屋,虽小却恬静;
它石膏的果神和老旧的爱神
在小树丛里藏着她们的赤身;
还有那太阳,在傍晚,晶莹华艳,
在折断它的光芒的玻璃窗前,
仿佛在好奇的天上睁目不闪,
凝望着我们悠长静默的进膳,
把它巨蜡般美丽的反照广布
在朴素的台布和哔叽的帘幕。

## 入 定

乖一点,我的沉哀,你得更安静,
你吵着要黄昏,它来啦,你瞧瞧:
一片幽暗的大气笼罩住全城,
与此带来宁谧,与彼带来烦恼。

当那凡人们的卑贱庸俗之群,
受着无情刽子手"逸乐"的鞭打,
要到奴性的欢庆中采撷悔恨,
沉哀啊,伸手给我,朝这边来吧,

避开他们。你看那逝去的年光,
穿着过时衣衫,凭着天的画廊,
看那微笑的怅恨从水底浮露,

看睡在涵洞下的垂死的太阳,
我的爱,再听温柔的夜在走路,
就好像一条长殓布曳向东方。

# [法]魏尔伦①(三首)

## 瓦上长天

瓦上长天
　　柔复青!
瓦上高树
　　摇娉婷。

天上鸣铃
　　幽复清。
树间小鸟
　　啼怨声。

帝啊,上界生涯

---

① 魏尔伦(1844—1896),法国象征派诗人,他的诗歌以音乐美见长,曾有"诗王"之称。

温复淳。
低城飘下
　　太平音。

——你来何事
　　泪飘零，
如何消尽
　　好青春？

## 秋　歌

清秋时节，
凄凄咽咽。
　琴韵声长；
余音袅袅，
颓唐单调，
　总断人肠。

仅存残息，
惊心变色：
　一觉钟鸣；
当年旧事，
几番凝思，
　涕泪零零。

蓦然出户，

迎风信步，

　一任吹摇，

却如败叶，

萧萧屑屑，

　东荡西飘。

## 一个贫穷的牧羊人①

我怕那亲嘴

像怕那蜜蜂。

我戒备又忍痛

没有安睡：

我怕那亲嘴！

可是我却爱凯特

和她一双妙眼。

她生得轻捷，

有洁白的长脸。

哦！我多么爱凯特！

今朝是"圣华兰丁"②

我应得问她在早晨，

---

① 原版诗题为"A Poor Young Shepherd"。
② 圣华兰丁：今译圣瓦伦丁，指情人节。

可是我不敢
说那可怕的事情,
除了这"圣华兰丁"。

她已经允许我,
多么地幸运!
可是应该这么做
才算得个情人
在一个允许后!

我怕那亲嘴
像怕那蜜蜂。
我戒备又忍痛
没有安睡:
我怕那亲嘴!

# [法]耶麦[①](四首)

## 膳 厅

赠 Adrien Dlanté 先生

有一架不很光泽的衣橱,
它曾听见过我的姑祖母的声音,
它曾听见过我的祖父的声音。
它曾听见过我的父亲的声音。
对于这些记忆,衣橱是忠实的。
别人以为它只会缄默着是错了,
因为我和它谈着话。

还有一个木制的挂钟。
我不知道为什么它已没有声音了。

---

[①] 耶麦(1868—1938),法国现代诗人,崇尚自然主义。戴望舒曾讲过:他最喜欢耶麦的诗。

我不愿去问它。
或许那在它弹簧里的声音，
已是无疾而终了，
正如死者的声音一样。

还有一架老旧的碗橱，
它有蜡的气味，糖果的气味，
肉的气味，面包的气味和熟梨的气味。
它是个忠心的仆役，它知道
它不应该窃取我们一点东西。

有许多到我家里来的男子和妇女，
他们不信这些小小的灵魂。
而我微笑着，他们以为只有我独自个活着。

当一个访客进来时问我说：
——你好吗，耶麦先生？

## 少 女

那少女是洁白的，
在她的宽阔的袖口里，
她的腕上有蓝色的静脉。

人们不知道她为什么笑着。

有时她喊着,
声音是刺耳的。

难道她恐怕
在路上采花的时候
摘了你们的心去吗?

有时人们说她是知情的。
不见得老是这样罢。
她是低声小语着的。

"哦!我亲爱的!啊,啊……
……你想想……礼拜三
我见过他……我笑……了。"她这样说。

有一个青年人苦痛的时候,
她先就不作声了:
她十分吃惊,不再笑了。

在小径上
她双手采满了
有刺的灌木和蕨薇。

她是颀长的,她是洁白的,
她有很温存的手臂。

她是亭亭地立着而低下了头的。

## 树 脂 流 着

### 其　一

樱树的树脂像金泪一样地流着。
爱人呵,今天是像在热带中一样热:
你且睡在花荫里罢,
那里蝉儿在老蔷薇树的密叶中高鸣。

昨天在人们谈话着的客厅里你很拘束……
但今天只有我们两人了——露丝·般珈儿!
穿着你的布衣静静地睡吧,
在我的密吻下睡着吧。

### 其　二

天热得使我们只听见蜜蜂的声音……
多情的小苍蝇,你睡着罢!
这又是什么响声?……这是眠着翡翠的

榛树下的溪水的声音……
睡着吧……我已不知道这是你的笑声
还是那光耀的卵石上的水流声……

你的梦是温柔的——温柔得使你微微地
微微地动着嘴唇——好像一个甜吻……
说呵,你梦见许多洁白的山羊
到岩石上芬芳的百里香间去休憩吗?

说呵,你梦见树林中的青苔间,
一道清泉突然合着幽韵飞涌出来吗?
——或者你梦见一只桃色、青色的鸟儿,
冲破了蜘蛛的网,惊走了兔子吗?

你梦见月亮是一朵绣球花吗?……
——或者你还梦见在井栏上
白桦树开着那散着没药香①的金雪的花②吗?

——或者你梦见你的嘴唇清映在水桶底里,
使我以为是一朵从老蔷薇树上
被风吹落到银色的水中的花吗?

## 天要下雪了

**赠 Léopold Bauby**

天要下雪了,再过几天。我想起去年。
在火炉边我想起了我的烦忧。

---

① 没药香:没药是一种中药,为没药树的树皮。没药树开花,气香特异,浓烈而持久。
② 金雪的花:指桦树初春开花后,凋落于地如金雪般的花絮。

假如有人问我:"什么啊?"
我会说:"不要管我罢。没有什么。"

我深深地想过,在去年,在我的房中,
那时外面下着沉重的雪。
我是无事闲想着。现在,正如当时一样
我抽着一支琥珀柄的木烟斗。

我的橡木的老伴侣老是芬芳的。
可是我却愚蠢,因为许多事情都不能变换,
而想要赶开了那些我们知道的事情
也只是一种空架子罢了。

我们为什么想着谈着?这真奇怪;
我们的眼泪和我们的接吻,它们是不谈的,
然而我们却了解它们,
而朋友的步履是比温柔的言语更温柔。

人们将星儿取了名字,
也不想想它们是用不到名字的,
而证明在暗中将飞过的美丽彗星的数目,
是不会强迫它们飞过的。

现在,我去年老旧的烦忧是在哪里?
我难得想起它们。

我会说:"不要管我罢,没有什么。"
假使有人到我房里来问我:"什么啊?"①

---

① 本译诗发表在《新文艺》时,戴望舒在诗后附《译后记》:"耶麦为法国现代大诗人之一。他是抛弃了一切虚夸的华丽、精致、娇美,而以他自己的淳朴的心灵来写他的诗的。从他的没有辞藻的诗里,我们听到曝日的野老的声音,初恋的乡村少年的声音和为禽兽的谦和的朋友的圣弗朗西思一样的圣者的声音,而感到一种异常的美感。这种美感是生存在我们日常的生活中,但我们适当地、艺术地抓住的。"

# [法]许拜维艾尔[①]（二首）

## 生　活

为了把脚践踏在
夜的心坎儿上，
我是一个落在
缀星的网中的人。

我不知道世人，
所熟稔的安息，
就是我的睡眠
也被天所吞噬了。

我的岁月底袒裸啊，

---

[①] 许拜维艾尔(1884—1960)，也译为苏佩维埃尔，法国现实主义诗人，被同行誉为"诗人王子"。

人们已将你钉上十字架；
森林的鸟儿们
在微温的空气中，冻僵了。

啊！你们从树上坠了下来。

### 新生的女孩（节选）
#### 为安娜·玛丽而作

摆着推开云片的手势，
出得她的星辰，她终于触到大地。

墙壁很想仔细看一看这新生的女孩：
暗影中的一点儿干练的阳光已把她泄露给它们。

那找寻着她耳朵的城市之声
像一只暗黑的蜂似的想钻进去，

踌躇着，渐渐地受了惊恐，
然后离开了这还太接近自己的秘密的，

小小的整个儿暴露在那光耀，
盲目并因怀着预望而颤栗的空气的肉体。

她经过了一次闭着眼睛的长旅行，

在一个永远幽冥而无回声的国土中，

而其记忆是在她的坚握着的手里
（你要翻开她的手,让她有着她的思想。）

# [法]阿波里奈尔①(二首)

## 密 拉 波 桥②

密拉波桥下赛纳水长流
　　柔情蜜意
　　寸心还应忆否
　　多少欢乐事总在悲哀后

　　钟声其响夜其来
　　日月逝矣人长在

手携着手儿面面频相向

---

① 阿波里奈尔(1880—1918),法国未来派诗人。被称为超现实的"法国20世纪第一位大诗人",极力主张创新,开图像诗与阶梯诗的先河。
② 密拉波桥,巴黎塞纳河上的一座桥。本诗是诗人为失败的初恋情人罗朗桑而作。

　　　　交臂如桥
　　　　却向桥头一望
　　　　逝去了无限凝眉底倦浪

　　　　　　钟声其响夜其来
　　　　　　日月逝矣人长在

　　恋情长逝去如流波浩荡
　　　　　恋情长逝
　　　　　何人世之悠长
　　何希望冀愿如斯之奔放

　　　　　　钟声其响夜其来
　　　　　　日月逝矣人长在

　　时日去悠悠岁月去悠悠
　　　　　旧情往日
　　　　都一去不可留
　　密拉波桥下赛纳水长流

　　　　　　钟声其响夜其来
　　　　　　日月逝矣人长在

## 病 的 秋 天

受钟爱的病的秋天
你将死去当飓风吹入蔷薇间
当雪花片片
飘到那些果树园

可怜的秋天
你死在雪和成熟的果子底
洁白和丰饶之中
在长天深处
鹰隼在翱翔
在永远没有恋爱过的
那些绿发的天真的矮水妖上面

在辽远的林际
鹿已鸣过了
我多么地爱我季节我多么地爱
　你的骚音
没有人采撷而坠下来的果子
风和森林它们流着
它们全部的眼泪在秋天一叶
一叶
　　　被人残踏的

树叶
一列开过的
火车
流逝过去的
生命

# [法]艾吕雅①(一首)

## 战时情诗七章(之七)

凭着完善深沉的前额的名义
凭着我所凝看着的眼睛
和今天以及永远
我所吻着的嘴的名义

凭着埋葬了的希望的名义
凭着暗黑中的眼泪的名义
凭着使人大笑的怨语的名义
凭着使人害怕的笑的名义

凭着联住我们的手的温柔的

---

① 艾吕雅(1895—1952),法国超现实主义诗人、社会活动家。

路上的笑声的名义
凭着在一片美丽的好土地上
遮盖着花的果子的名义

凭着在牢狱中的男子们的名义
凭着受流刑的妇女们的名义
凭着为了没有接受暗影
而殉难和被虐杀了的
我们的一切弟兄们的名义

我们应该渗干愤怒
并且使铁站起来
为的是要保存
那到处受追捕
但却将到处胜利的
天真的人们的崇高的影像

# [西班牙]洛尔迦①(一首)

## 木 马 栏

*赠霍赛·裴尔伽明*

节庆的日子
在轮子上盘桓。
木马栏把它们带去,
又送它们回来。

青的圣体节。
白的圣诞节。

日子天天过去,
像蝮蛇蜕皮,

---

① 洛尔迦(1898—1938),西班牙诗人、戏剧家。1938年被法西斯杀害。

但是节日,
唯一的破例。

我们的老母亲
都这样过她们的节庆
她们的夜晚
是缀金叶的闪缎长裙。

青色的圣体节。
白色的圣诞节。

木马栏回旋着,
钩在一颗星上。
像地球五大洲的
一枝郁金香。

孩子们骑在
装成豹子的马上,
好像是一颗樱桃,
他们把月亮吞下。

生气吧,马可·波罗!
在一个幻想的转轮上,
孩子们看见了遥远的
不知名的地方。

青的圣体节。
白的圣诞节。

# [俄]普希金①(二首)

## 三姊妹

### 沙尔旦王之一节

三个姊妹,似玉又如花,
一天晚上,在窗边纺纱;
一个姑娘说,"要是真的
我做了一位王妃,
我就要亲手给那些好百姓
排大酒席请他们吃一顿。"
"要是我做了王后,"
第二个姑娘开口,
"我就要给遍天下
织挺好的罗纱。"

---

① 普希金(1799—1837),俄罗斯现代文学奠基人,有"俄罗斯诗坛的太阳"与"俄国文学之父"的称誉。

"要是我头戴王后的冠冕,"
那第三位年轻姑娘开言,
"我就要替王上好好地
生养一个英雄豪杰。"
她刚把这话说出来,
木头门就轻轻地闪开,
从暗地里,那位王上,
走进了姑娘们的闺房。
他靠近着篱笆
听到了这番说话。
女孩子生英雄的梦想,
他听了喜气洋洋,
"好姑娘,又漂亮又年轻,
你就做王后吧,养一个豪英!
这英雄,你可要记住,
你需得在九月里养出。
你们呢,我的姊妹们,"
那王上说,"你们也不用担心!
离开你们的屋子,跟着我,
跟着你们的妹妹,高高兴兴地走:
你可以做一个织布匠,
你呢,我叫你做厨娘。"

## 夜 莺

春天里，当安静的公园披上了夜网，
东方的夜莺徒然向玫瑰花歌唱：
玫瑰花没有答复，几小时的夜沉沉，
爱的颂歌不能把花后惊醒。
你的歌，诗人啊，也这样徒然地歌唱，
不能在冷冰冰的美人心里唤起欢乐哀伤，
她的绚丽震惊你，你的心充满了惊奇，
可是，她的心依然寒冷没有生机。

# [俄]叶赛宁①（二首）

## 母　牛

很衰老，掉了牙齿，
角上是年岁的轮，
粗暴的牧人鞭策它
从一个牧场牵它到另一牧场。

它的心对于呼叱的声音毫无感动，
土鼠在一隅爬着
可是它却凄然缅想
那白蹄的小牛。

人们没有把孩子剩给母亲，

---

① 叶赛宁(1895—1925)，俄罗斯田园诗人，被称为"最纯粹的俄罗斯诗人""乡村最后一个诗人"。

它没有享受到第一次的欢乐。
在赤杨下的一根杆子上,
　　　风飘荡着它的皮。

而不久在裸麦田中,
它将有和它的儿子同样的命运,
人们将用绳子套在颈上
牵它到宰牛场中去。

可怜地,悲哀地,凄惨地,
角将没到泥土中去……
它梦着白色的丛林
和肥美的牧场。

## 我离开了家园

我离开了家园,
我抛下了青色的俄罗斯。
像三颗火星一般,池上的赤杨
燃烧着我的老母的悲哀。

像一只金蛇似的,
月亮躺在静水上;
像林檎花一般地,
白毛散播在父亲的须上。

我不会那么早地回来,
疾风将长久地歌唱,响鸣,
唯有一只脚的老枫树,
守着青色的俄罗斯吧!

我知道它里面有快乐
给那些吻树叶的雨的人们,
因为这棵老枫树,
它的头是像我的。

# 附录二　诗论零札[①]

## 一

诗不能借重音乐，它应该去了音乐的成分。

## 二

诗不能借重绘画的长处。

## 三

单是美的字眼的组合不是诗的特点。

## 四

象征派的人们说："大自然是被淫过一千次的娼妇。"但是新的娼妇安知不会被淫过一万次，被淫的次数是没有关系的，我们要有新的淫具，新的淫法。

---

[①] 《诗论零札》原题《望舒诗论》，载于1932年《现代》第二卷第一期，收入现代书局1933年版《望舒草》时更名为《诗论零札》。由《诗论零札》可以看到作者其时诗学观念的某些转变。

## 五

诗的韵律不在字的抑扬顿挫上,而在诗的情绪的抑扬顿挫上,即在诗情的程度上。

## 六

新诗最重要的是诗情上的 nuance(变异)而不是字句上的 nuance。

## 七

韵和整齐的字句会妨碍诗情,或使诗情成为畸形的。倘把诗的情绪去适应呆滞的,表面的旧规律,就和把自己的足去穿别人的鞋子一样。愚劣的人们削足适履,比较聪明一点的人选择较合脚的鞋子,但是智者却为自己制最合自己的脚的鞋子。

## 八

诗不是某一个官感的享乐,而是全官感或超官感的东西。

## 九

新的诗应该有新的情绪和表现这情绪的形式。所谓形式,决非表面上的字的排列,也决非新的字眼的堆积。

十

不必一定拿新的事物来做题材(我不反对拿新的事物来做题材),旧的事物中也能找到新的诗情。

十一

旧的古典的应用是无可反对的,在它给予我们一个新情绪的时候。

十二

不应该有只是炫奇的装饰癖,那是不永存的。

十三

诗应该有自己的 originalité(特征),但你须使它有 cosmopolité(普遍)性,两者不能缺一。

十四

诗是由真实经过想象而出来的,不单是真实,亦不单是想象。

十五

诗应当将自己的情绪表现出来,而使人感到一种东西,诗本身就像是一个生物,不是无生物。

## 十六

情绪不是用摄影机摄出来的,它应当用巧妙的笔触描出来。这种笔触又须是活的,千变万化的。

## 十七

只在用某一种文字写来,某一国人读了感到好的诗,实际上不是诗,那最多是文字的魔术。真的诗的好处并不就是文字的长处。

# 知 识 链 接

【文学常识】

一、作家介绍

　　戴望舒,中国新诗体的探索者、拓荒人。浙江杭县(今余杭区)人,1905年3月5日出生。原名戴明安,梦鸥、望舒都是他女性化的文学笔名。望舒取自屈原《离骚》中的月神女驭之名。其父戴立诚是当年北戴河火车站职员;母亲单佩芝出身于书香门第。在他七岁时举家迁回杭州。1924年十九岁的戴望舒进入上海大学文学系师从田汉;1925年转入复旦大学学法语。1926年与施蛰存、杜衡创办文学杂志并发表诗作。1928年在《小说月报》发表《雨巷》一举成名。1929年结集出版第一部诗集《我底记忆》。1932年赴法留学,致力于翻译欧洲现代诗,深受法国象征主义诗人的影响。1935年由于参加反法西斯游行示威,被学校开除。回国后与一批新文化运动的名人共同创建、编辑多种文学期刊。全面抗战爆发,去香港主编《大公报》文艺副刊,办杂志。1941年因宣传革命、抗日活动,被日军逮捕入狱。1949年初与英国归来的卞之琳一同北上,到艾青任主任的华北大学(中国人大前身)三部任教,不久调至新闻出版总署。1950年病逝于北京。在仅有四十五年的人生道路上,把二十五年的有效时间都奉献给了中国新诗体的探索开拓事业,为我们留下一笔宝贵的文学财富。

## 二、作家评价

在苦难和不幸的中间,望舒始终没有抛下的就是写诗这件事情。这差不多是他灵魂的苏息、净化。从乌烟瘴气的现实社会中逃避过来,低低地念着"我是天风更轻更轻,是你永远追随不到的"。

——杜衡:《〈望舒草〉序》

一个决心为人民服务的有才能的抒情诗人。

——胡乔木:《悼望舒》

望舒是一个具有丰富才能的诗人。他从纯粹属于个人的低声的哀叹开始,几经变革,终于发出战斗的呼号。每个诗人走向真理和走向革命的道路是不同的。望舒所走的道路,是中国的一个正直的、有很高的文化教养的知识分子的道路。

——艾青:《望舒的诗》

## 三、作品评价

戴望舒先生,是新诗拓荒者之一。十几年前,当《望舒草》问世的时候,整个中国诗坛几乎全在作者诗风吹拂之下。其影响之大,可以想见。

——《诗创造》1948 年第 1 卷第 8 期评介

一个人在梦里泄露自己的潜意识,在诗里泄露隐秘的灵魂,然而也只是像梦一般的朦胧。

诗人追求言律之美,努力使新诗成为跟旧诗一样可吟的东西。

——杜衡:《〈望舒草〉序》

望舒的作品,很少架空的感情,铺张而不虚伪,华美而有度。

——杜衡:《〈望舒草〉序》

构成望舒的诗的艺术的,是中国古典文学和欧洲的文学的影响。他的诗,具有很高的语言的魅力。

——艾青:《望舒的诗》

望舒的那些少年作,尽管内容不同,也还呼应了以徐志摩、闻一多为首的日后被称为"新月派"一路诗对于形式整齐的初步试探。……戴望舒学术探索的第二阶段亦即他的中期达到了恰好的火候,也就发出了一种与众不同的声调,个人独具的风格,……也就这样,望舒自己实际上也取代了徐志摩、闻一多,在30 年代初期,独树一格,自创一派,而成了一位有较大影响的诗人。

——卞之琳:《〈戴望舒诗集〉序》

## 四、关于现代诗歌及其流派

现代诗歌指"五四运动"至新中国成立以来的诗歌,区别于古诗格律与文言的自由体白话新诗。一般认为新体诗以郭沫若为首的一批浪漫主义诗人为创始,创造了一批浪漫主义新诗,兴起于20年代初。1926年,以闻一多、徐志摩为首的一批新诗人创办了《新月》与《诗刊》杂志,形成了"新月派",主张创立不同于旧体诗的新格律诗。20年代中后期受欧洲象征主义诗风的影响,出现了语言欧化的象征派,公然以丑为美,形成了中国的"恶之花"。进入30年代又形成了"现代派",趋向于诗风明快,以内向性自我发掘,展示自我内心的隐曲、悲哀为主流。那一时期的诗坛上,不管哪一流派,都有许多风花雪月、鸳鸯蝴蝶、以丑为美、张扬个性解放的东西。戴望舒早期的少年作尽管也受那些流派的影响,但他不流不派,走自己的路,"这样他就为中国新诗开拓了新的时期。后来的历史证明,这是一次艺术的跨越,也是一次历史的跨越","戴望舒之所以称为戴望舒,不但是因为他熟练地运用了象征派的艺术方法,而且还因为他有他自己的创造","没有像初期象征派诗人那样""追求以丑为美","而是写得相当优美,风格相当抒情","他自始至终都把他的感觉世界写得很美"。(参见孙绍振:《中国早期新诗的象征派——从闻一多到戴望舒》)

## 【要点提示】

### 一、戴诗的古典语言美与民族性建构

戴望舒具有深厚的中华古诗词文化学养,因而在他的新诗中,从多方面把古诗词美的元素,努力进行创造性的化入。在这

方面探索最为成功的是《秋夜思》。第一节"谁家动刀尺？/心也需要秋衣"中的刀尺、秋衣，均出典于杜甫的"寒衣处处催刀尺，白帝城高急暮砧"。第二节首句"听鲛人的召唤"中的鲛人，出典于中国"美人鱼"的传说：鱼尾人身的美女，善于纺织，织出的绡薄如蝉翼白如雪；又有落泪成珠的异能。她到水岸人家做客受到款待，便求织机织绡，落泪满盘成珠以为回报。第二节第二句"听木叶的呼息"之木叶，出自于《楚辞》的"袅袅兮秋风，洞庭波兮木叶下"。而且木叶又是民间最原始的乐器——树叶笛哨，用两片树叶可以吹出鸟鸣般的各种曲调。不但有许多优美的爱情故事，而且在布依族民间流传着吹叶邀情的"浪哨歌"："高山木叶起堆堆，可惜阿哥不会吹，哪时吹得木叶叫，只用木叶不用媒。"这种"浪哨"就如同西北与江南的对歌约情谈恋爱。第二节的首句"心即是琴"，传说伏羲以梧桐木丝弦造琴瑟，以和顺阴阳之气、纯洁人心。春秋以降大音乐家多是琴师。汉代大家蔡邕、司马相如都是琴史闻人；陶渊明、马致远这些大文人不会弹琴，但也都在案上摆放着古琴示雅。第二句中则直接引入《阳春白雪》的高级古曲名来喻示一片冰心之高洁。第五、六句则把"天籁之音"分拆化入，上下呼应。而古人把琴音称天籁，土埙音称为地籁，乐府音称为人籁。天籁则又指大自然的种种美妙发音。在最后一节首句"断裂的吴丝蜀桐"中的"断裂"，既与第二节中"窃听心的枯裂之音"奏合呼应，又隐喻着俞伯牙"摔碎瑶琴凤尾寒"以谢去世的钟子期的知音之情。断裂了的"吴丝蜀桐"便是古琴的代称。吴丝，吴地的丝织物最为有名，有"吴丝衣天下"之称，用吴丝织成的琴弦也称吴丝；蜀桐则是琴盘的代称，古代以蜀地白桐为最好的制琴木料。一首四节小诗竟化入这么多的典故,而毫无晦涩、生硬、牵强与掉书袋之感,更不留斧凿痕迹,一切行云流水,浅读深品两由之,实属难能难得。全诗以秋与衣为发引,以琴为主线贯通到底,而无支离感,真是匠心独具,读来美不胜收。《雨巷》也有异曲同工之妙:全诗节节以丁香为主线,甚至在一节内不惜用三个"丁香一样"的排比来描绘"她"的颜色、方向与忧愁、哀怨、彷徨。而首段与尾段的尾句,都把"丁香结"巧妙地化入了"一个丁香一样地结着愁怨的姑娘"。丁香既雅美而幽香,却是苦命的象征,是古代诗人通用之典,如唐代牛峤的"自从南浦别,愁见丁香结";李商隐的"芭蕉不展丁香结,同向春风各自愁";南唐李璟的"青鸟不传云外信,丁香空结雨中愁";宋代王安石的"殷勤为解丁香结,放出枝间自在春"等。尽管戴望舒有时把一些古词汇硬塞入诗中而适得其反,但他为古典语言赋予新的诗情,为新体诗灌注古诗词元素的功夫是无人可比的。而他最高超的手法则是分拆化入于无形,既不留斧凿痕迹,又不失象征、寓意、喻指,同时也丰满、活跃了白话诗的语言词汇。同时也是在新诗中的一种民族性建构,这也是戴诗符合国人阅读心理得以流行的一个端点与诗魂所在,也是戴诗的一大特征。

## 二、戴诗的诗情诗境美

戴望舒以情立诗,把一个情字不断扩充而不至滥情。而且远逾爱情是文学永恒的主题之题。在《我的记忆》中,把拟人亲情的手法运用到了登峰造极炉火纯青的高度,把他所用过的物事都赋予了"最好的友人"之情。这首诗的影响之深远,以至化为当代香港著名作家刘以鬯的一部小说《吵架》,足见其影响之深远。《雨巷》中的小我之悲情;《灯》《旧居》《示长女》《赠内》等伦理诗作中动人的亲情;《祭日》等作品中对亡故牺牲友人的悼念之情;几十首各类情诗中的男女之情;《狱中题壁》《心愿》中对敌人的刻骨仇恨之情;《元日祝福》《我用残损的手掌》中对人民、对祖国深沉的大爱之情,无不感人至深。而诗境之美是离不开诗情的,情的本身就是一种境,一种心境意境之美由。

### 三、戴诗的韵律美

新诗的韵律不在平仄、韵脚、工对,不只在形式,而在于节奏,在于内在诵读音节的和谐,读来朗朗上口。运用叠句、复句、从句、排比来营造紧密节奏、气势、情节进深,是戴诗的一个重要特征,不但常用复句、从句,叠句,甚至在《我的记忆》中连续用了十个"生存在……上",营造了一种长城依山势而上的锯齿堞般的整齐比肩次第起伏的变化美。

### 四、戴诗的音乐美

尽管戴望舒在理论上主张新诗去音乐化,但只要是诗,很难摆脱歌的韵味,戴望舒在实践中也不能免。他的《有赠》一诗,在1936年,便被谱曲为上海艺华影片公司电影《初恋》的主题歌,风行一时。他的许多诗本身就如歌如操。自古诗家有言:咏之不足,歌之;歌之不足,不知手之舞之,足之蹈之也。那么什么是音乐呢?《礼记》讲:"凡音者,生人心者也。情动于中故形于声,声成文,谓之音。""乐者,音之所由生也,其本在人心之感于物也。"由此而世有悲哀之歌、快乐之歌、喜悦之歌、悲愤之歌、崇敬之歌、爱恋之歌。由此观之,每一首咏述感情的诗,都是一首歌,何况戴望舒本以情感心绪立诗呢?

五、戴诗的诗体美

戴诗曾经走过形式上讲究整齐的探索之路,但他的许多完全口语化的诗作,直如一篇散文或散文诗,以至由此构成了戴诗的又一特色。

【学习思考】

一、结合诗篇的欣赏,读读杜衡、艾青、卞之琳为戴望舒诗集撰写的序言,从整体上思考一下戴诗的诗艺特色。

二、把《夕阳下》与《我用残损的手掌》对比阅读,试析一下戴诗的转变。

三、把《妾薄命》《少年行》《秋夜思》等几首以乐府旧题命题的戴诗,根据诗的主题,各试拟一个现代诗名来替换一下。

(周方舟 编写)